JN318216

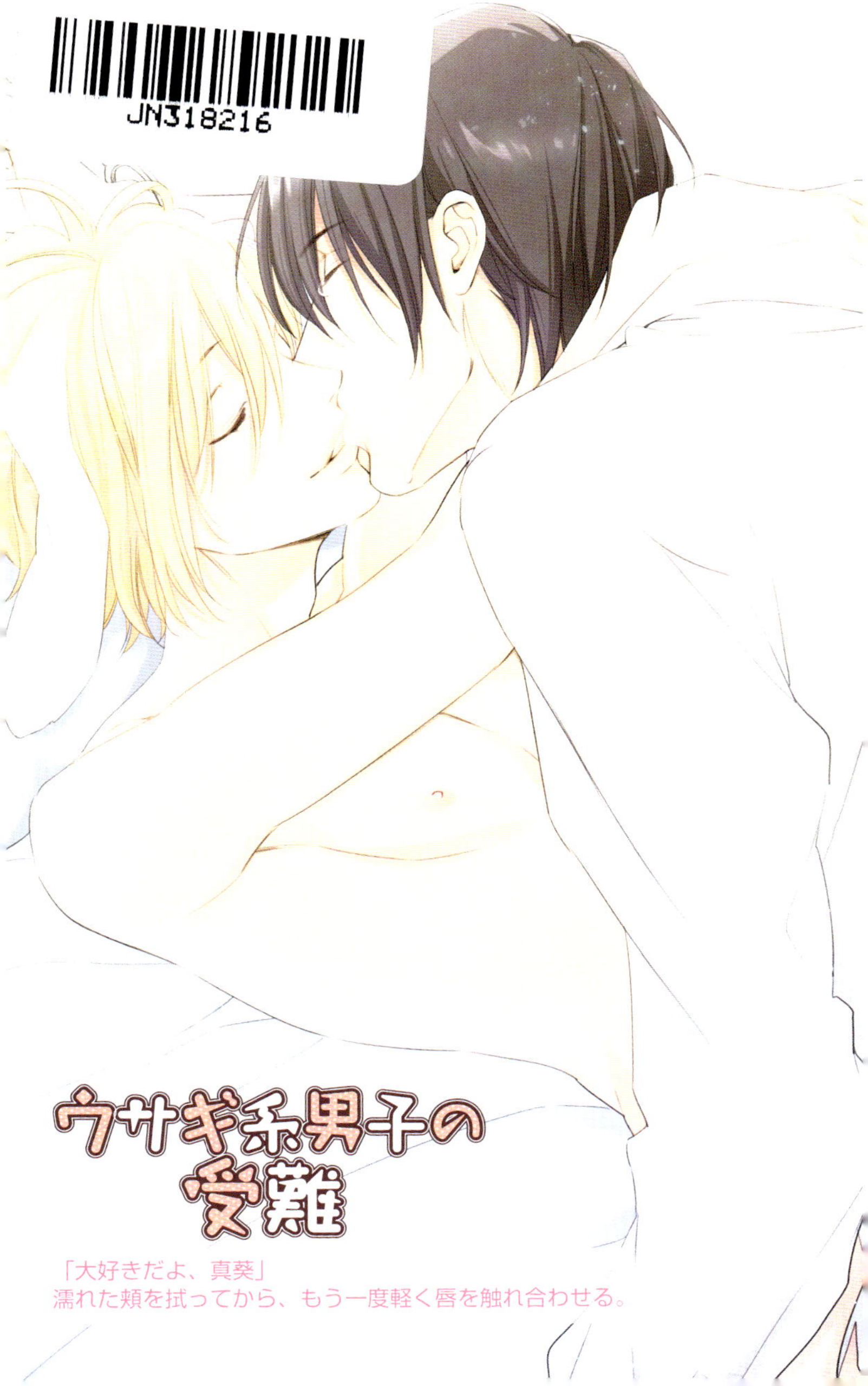
ウサギ系男子の愛難
「大好きだよ、真葵」
濡れた頬を拭ってから、もう一度軽く唇を触れ合わせる。

ウサギ系《けい》男子《だんし》の受難《じゅなん》

桐島《きりしま》リッカ

ILLUSTRATION：三尾《みお》じゅん太《た》

ウサギ系男子の受難

LYNX ROMANCE

CONTENTS

ウサギ系男子の受難

1

そろそろだろう、と思っていたタイミングでスマートフォンの画面に光が入る。

（やっぱりきたか）

予測していたとおりのメールの送信者に、知らず溜め息が漏れてしまう。

幼馴染《おさなな じ》みからのメールは端的で、簡潔ないつものひとことのみだった。

『ミミ、出ちゃった』

唇だけで本文を読んだところで、チャイムが三時限目の終わりを告げる。

（シカトって選択肢もあるにはあるけど）

そんなことをしたらきっと、あの幼馴染みはとんだ恥を晒《さら》すことになるだろう。——もしくは自分以外の相手を見つけて、あっさりと事なきを得るかもしれないが。

「……それはそれでムカつくんだよね」

二択のようでいてけっきょくはひとつしかない選択肢を、今日も今日とて選んでしまう自分に内心だけで呆れながら、柘植温人《つげはると》は手早く了承の旨を折り返した。

「カイト」

授業を切り上げた教師が退出するなり、真後ろに座るクラスメイトを振り返る。するとそれだけで

要件を解したのか、「また、あれか」と目が合うなり表情を曇らせた友人を
「ごめん、頼まれて」

片手で拝むようにしてから、温人は片目を瞑《つむ》ってみせた。

「ったく。この俺に代返させるなんざ、おまえくらいのもんだよ」

「悪いね、ホント」

「期末の数学のヤマ、頼んだぞ？」

「オッケ、任せとけって」

四時限目の移動教室に向けて、生徒たちが連れ立って教室を出ていくのを横目に机を片づけていると、おもむろに背骨のラインを下から上へとなぞり上げる指があった。

「ちょ、何」

慌てて振り向くと、温人の親友であり、現役の生徒会長でもある峯岸威斗《みねぎしかいと》が、険しい顔つきのまま声を低めてくる。

「言っとくけど、代返が利《き》くのも今日までだからな。記録映画の視聴は今週で終わりだし、そのあとは通常授業に戻るはずだ」

「わかってるって」

親友の忠言を神妙な面持ちで受け止めてから、温人は身支度を整えて席を立った。

「じゃ、昼休みに」

「おう」

必要以上の詮索はしてこない峯岸に感謝しながら、足早に教室を出る。

今年は暖冬だと言われているが、さすがに二月に入ると日中でも底冷えがする。暖房の行き届いた教室と違い、廊下の寒さはシャツにブレザーを羽織っているだけの身には堪《こた》える厳しさだった。自然と足を速めながら、人の流れに逆行するように校舎のいちばん端にある北階段を目指す。

（うー、さむ）

めいっぱい袖口を引っ張って手の甲までを隠しながら、両手で口元を覆い、吐息で暖を取る。中にセーターを着込んでくればよかった、と心底後悔しながら突きあたりの角を曲がったところで、階段脇に設《しつら》えられた大きな姿見にぱっと自身の姿が映り込んだ。

「うっわ……寝癖ひど」

朝から跳ねっ放しだった毛先を気にして、思わずその場で足を止めてしまう。

頭髪検査で真っ先に引っかかりそうなほど明るい茶髪は、正真正銘《しょうしんしょうめい》の天然で、学校には入学時にその旨の届け出を提出させられた。陽に透かすと部位によっては金にも見えるこの髪色は、自分でも気に入っているポイントのひとつだった。

母親に似て柔和《にゅうわ》で優しげな面立ちもけっこう気に入ってはいるのだが――いかんせん体の作りが細いもので、全体的に線が細く見えてしまうのはひたすら残念な点だ。

昔から華奢《きゃしゃ》で、小学校までは女子と間違えられることも多かった温人だが、中学に入って背だけはそこそこ伸びた。きっと高校に上がれば、ガタイも逞《たくま》しく成長するに違いないと固く信じていたのだが……。入学からじき二年が経ついまになっても、温人の細身なイメージはまるで変わっていなかった。背も手足もひょろ長いだけで、逞しさとはいまだに縁遠い。女子と間違われることこそなくなったものの、顔立ちをして「美人」だなどと持てはやされる現状は本意ではなかった。

(運動もやめちゃったしな)

中学まではテニスに打ち込んでいたのだが、怪我《けが》でやめてからはなけなしの筋肉も落ちた気がして、考えるだに泣けてくる。

「あいつくらいとは言わないまでも……」

ぼそりと零《こぼ》してから、うっかりシワのよりかけていた眉間をゆっくりと揉《も》んで肩の力を抜く。

思い悩んで筋肉がつくなら容易《たやす》い話だ。いくらでも悩んで嘆いて、理想の体を手に入れるところだが、そうじゃない以上くよくよしていても何もはじまらない。

(それにまだ、成長期の途中だし)

これからの数年で、劇的な変化を遂げないとも限らない。

軽く頬《ほお》を叩いて意識を切り替えると、温人は階段を昇りはじめた。人気《ひとけ》のない最上階まで上がってから、いちばん隅にある社会科資料室の扉に手をかける。

「――さて」

一度大きく息をついてから、手癖の悪い先客によって開錠された戸を開く。

薄暗い室内には人の訪れがそうないことを伝えるように、埃《ほこり》くさい空気が常に充ちている。

だが今日は窓でも開いているのか、扉を開けた途端、風の流れを頬に感じた。この寒さの中、酔狂な話である。

「マキ？」

後ろ手に扉を閉じてから、慣れた手つきで鍵を閉める。

呼びかけに反応はなかったものの部屋の奥に気配を感じて、温人は冷えたタイルに上履きの底を滑らせた。はたして何の資料なのか、古すぎてもはや不明な書籍が山のように積まれた書棚をいくつか越えると、大きな出窓が設えられたちょっとした空間に出る。

壁際に並べられた埃だらけの机ではかつて、生徒が資料をめくったりといった光景が頻繁《ひんぱん》に見られたのかもしれない。だがＰＣ環境の整ったいまでは、この部屋の存在自体を知る者の方がめずらしいくらいだ。書棚の影からそっと閲覧スペースを覗くと、出窓の縁に腰かけて、開いた窓から外を眺めている長身のシルエットがあった。

吹きっ晒しの場所にいるというのにジャケットを傍らに脱ぎ捨て、体育用のスポーツタオルを頭から被りながら、どこか物憂げな様子でグラウンドを見つめている。

その姿に、温人はしばし立ち尽くしたまま見入った。

こうなりたい、と願う理想の輪郭《りんかく》を、視線だけで何度もなぞる――。

広めの肩幅に過不足ない筋肉を感じさせる両腕、しっかりと発達した骨格がいっそ優美なラインを描いて下半身まで続いている。

引き締まった腰を窓辺に預けながら、すらりとした脚の片方だけを縁にかけ、右腕で抱くようにしている、何げないその仕草がモデルのように嵌《は》まって見えるのは、頭身のバランスがいいからだろう。

編入してからの半年でさらに三センチも伸びたという身長は、とうに百八十を超えている。

(全身、すくすく育ちやがって)

制服も彼が着ているとみんなと同じとは思えないほど、どこか上品な空気を醸《かも》し出していた。

つい数年前までは自分よりも華奢で、可愛らしい雰囲気をまとっていた幼馴染みの華麗なる変貌は、温人にとってはただひたすらに羨望《せんぼう》の的だった。

着瘦せするタチなので服を着ているとスレンダーに見えるが、胸板や腹筋の発達は目を瞠《みは》るものがある。同性として羨ましい限りの体軀を持ったこのひとつ年下の幼馴染みの名前を、坂下真葵《さかしたまき》という。

自分と同じく数年前までは女子とよく間違われ、せめてもっと男らしい名前だったらと煩悶《はんもん》していた彼の姿がふと脳裏に蘇る。そんな悩みともいまはすっかり無縁だろう。

「――ハルちゃん」

「え」

呼びかけとともに、外に向いていた眼差《まなざ》しがこちらの方へと転じられる。

「そんなに見られると恥ずかしいんだけど」

「気づいてたんなら言えよ。悪趣味……」

見惚《みと》れていた内心を悟られたくなくてわざとそうぶっきらぼうに返すと、温人は上履きを鳴らしながら窓辺に歩みよった。

「そんなこと言われても、知ってるでしょ？　いまはいつもより耳がイイって。入ってくる前から足音でわかってたよ」

（だから、最初からそう言えってば……）

自分の浅はかさを棚に上げて膨れながら、温人は出窓の端に膝を載せて、外を覗《のぞ》き込んだ。

グラウンドでは真葵のクラスメイトたちが体育に向けて準備を整えている。

「……三週連続で体育サボってんだろ。大丈夫なのか」

本来ならあの輪の中にいるべき真葵を見やると、薄い口元に笑みの気配がわずかに載せられた。

「平気。持病の発作って言ってあるから」

そんな都合のいい言い訳を周囲に信用させられるほどに、普段の真葵は礼儀正しい優等生であり、教師の心象もいい。何をやらせても人並み以上にこなす出来のよさを物語るように、真葵の面立ちには聡明な雰囲気が滲《にじ》み出ていた。

怜悧《れいり》で涼しげな目元に、艶《つや》やかで澄んだ黒い瞳。見るからに女顔の自分と違い、真葵は昔から理知的な造作をしていた。それでも華奢だった頃はどことなく可憐な雰囲気をまとっていたものだが、体の成長に合わせ顔立ちも精悍《せいかん》さを帯びたいまでは、男の色気すら感じさせるようになっていた。

身長や体格差に加えて大人びたその容貌のせいで、二人で並んでいると真葵の方が年上だと思われることも少なくない。

「持病、ねぇ」

そんな腹立ちもあり、思わず皮肉げな口を利くと真葵の双眸《そうぼう》がふっと輪郭を緩めた。

「似たようなものでしょ」

そう言いながら、切れ長の目元に悪戯《いたずら》めいた様子を窺《うかが》わせる。

瞳をきらめかせながら、甘い笑みを披露されて、

(……そういう顔は反則だって)

温人は反射的に目を逸らしていた。

「言っとくけど、俺だって毎回来られるわけじゃないんだからな」

「わかってるよ、もちろん。——でも、ハルちゃんは今日も来てくれた」

真葵の声音に嬉《うれ》しげな調子が混じる。

(来たっていうか、来ちゃったっていうか)

それを少し複雑な気持ちで聞きながら、温人はひそやかな溜め息を漏らした。

窓から入り込む北風が、真葵の被るスポーツタオルの裾《すそ》をはたはたと揺らめかす。

「にしても、寒くないわけ」

吹きすさぶ寒風に耐えきれず出窓から降りると、温人は床に蹲《うずくま》って両肩を抱いた。そこでようやく部屋が冷えきっていることに気づいたように、真葵が「あ、ごめん」と小声で謝りながら窓を閉める。

「最近この状態になると、体が火照って仕方ないんだ。それでつい」

「ああ。発情期みたいなもんだもんな」

「そ、う……だね」

「……真葵？」

「発情期とか、ホント獣《けもの》じみてるよね」

今度は嫌味を言ったつもりはなかったのだが、どうやらそう受け取めたらしい幼馴染みが俯《うつむ》きがちに黙るのに気づいて、温人は投げ出された真葵の脚を軽く小突いた。

「こーら、勝手に落ち込むなよ。こんなのただの生理現象、不可抗力だろ？」

思春期特有の、それこそ『発作』みたいなものだ。

自分には経験がないので、それがどれだけ恥ずかしい状態かは想像するしかないが、正しい『対処』を施《ほどこ》せば収束するのだ。どうということもない。

「だから、気にすんなって」

「そう、かな……」

なおも自信のない声を漏《も》らす真葵に苦笑してから、温人はよっと勢いをつけて身を起こした。目線よりも下にあったタオルを、無造作に剥《は》いで窓辺に放る。

「それにこの姿、嫌いじゃないし」

露《あらわ》になった頭部に、ひょこりと何かが二つ立ち上がる。柔らかそうな被毛に覆われたそれを片方だ

けパタンと伏せながら、真葵が「本当？」と声を弱らせる。

ぱっと見ではイヌ耳に見えるが、これは「オオカミ」の耳なのだという。漆黒の髪色と同じく、真っ黒なミミをはたはたと前後に振りながら、真葵がなおも弱った様子でこちらの顔を覗き込んでくる。

「ハルちゃん」

いつもは落ち着きに充ちた聡明な瞳を弱々しげに翳《かげ》らせながら、前髪の隙間からじっと見つめられると——こちらとしても弱る。

並んでいると見下ろされるばかりの真葵に、そんなふうに上目遣いで見つめられるとそれだけで調子が狂うし、昔から真葵のこの表情には弱いのだ。つい手を差し伸べてしまう癖がついている。

自分は真葵に甘すぎるという自覚もあるのだが、図体がでかくなろうとも、真葵が大事な幼馴染みであるという事実に変わりはない。それに……。

「どんな姿でもおまえはおまえだろ？　ほら、さっさと終わらせちゃおーぜ」

わざと明るい声を出しながら丸まっていたシャツの背を叩くと、ようやく真葵が表情を和《やわ》らげた。

「ありがと、ハルちゃん」

真葵が子供のようないとけなさで破顔する。これも、クールで寡黙と評される普段の真葵からは想像しにくい表情のひとつだ。

（あー……）

温人にとっては見慣れた笑顔から、さりげなく視線を外しながら小さく息をつく。

チャイムが鳴り、四時限目がはじまったのを機に温人は覚悟を決めて真葵に向き直った。

「――よし。やるか」

立てていた膝《ひざ》を崩させて、窓を背に座らせる。スラックスに手を伸ばすと、温人は慣れた手つきでベルトを緩めはじめた。そうして前立てを寛《くつろ》げるいつもの手順を、上から見つめる真葵の視線を痛いほどに感じながら、努めて自然な口調を心がけて口を開く。

「たまには手だけでいい、よな？」

顔は上げないままそう訊ねると、真葵の指がするりと顎《あご》にかけられた。

（う、わ……）

驚くほど熱を帯びたその感触に肌を灼《や》かれながら、顎を持ち上げられて真葵の眼差しに真っ向から晒される。たじろいで逃げそうになった視線を逃さないとばかり、顎を捉えた手に力が入った。

「――いいよ、ハルちゃんがそれでいいんならね。でも手よりも、口の方が早く消えるんじゃないかな。もしかしたら、また昼休みまでかかっちゃうかもしれないし」

真葵の眼差しに、濡れた欲情の色がじわじわと広がっていく。

（……だから、そういう顔も反則だって）

その風情に煽られる何かを胸の奥に感じながら、温人は「あーも、わかったっ」と真葵の手を乱暴に振り払った。すでに漲《みなぎ》りを見せはじめているソコをアンダーウェアから引き出しながら、床に膝をつく。

「ん……っ」

子供の頃とは比べるべくもない形状に育った屹立《きつりつ》を、温人はやや逡巡《しゅんじゅん》してから口に含んだ。もう何度目にもなる口淫の経験から、真葵の弱いところはたいがい把握《はあく》している。

「……っ、ふぅ……」

先端の窪《くぼ》みに舌を這《は》わせながら、片手で幹《みき》を扱《しご》き、もう片手で膨《ふく》らみまでを外に引き出す。ずっしりと身の詰まったそれを柔らかく揉みながら熱心に舌を使っていると、握っている幹の硬度が急激に増してきた。

「ん、上手……ハルちゃん」

真葵の息が少しずつ乱れはじめる。呼吸音のわずかな強弱に耳を澄ませながら、温人は窪みから滲み出してきた粘液を味わうように舌を前後させた。その動きを褒《ほ》めるように、真葵の熱い指が温人の首筋を撫《な》でる。

「気持ちいい……すごく、イイよ……」

真葵の吐息がどんどん甘くなっていくのを感じながら、温人はすぼめた口内で熱くしぶいている屹立を可愛がった。

ちゅくちゅくと吸うたびに、自身の唾液と雄の淫液とが粘度を増して絡み合う。時おり口から溢れそうになるそれを啜《すす》り込みながら、温人は何度も喉を鳴らした。

「っ、……ん」

「イイよ、ハルちゃん……」

生臭くしょっぱい風味を鼻から抜きながら、限界まで膨らんだソレを唇の輪で締め上げて上下する。

「――……、ぁ」

やがて真葵が声にならない吐息を漏らした。ひっきりなしに溢れてくる粘液に苦みが混じるのを感じて、最後が近いことを知る。

「う、ア……っ」

張りのある先端を甘噛みしたところで、揉んでいた膨らみがぐぐっと上に持ち上がった。

それを合図に、口内のソレを喉まで引き込んで思いきり吸い上げる。

「……っ、――……っ」

引き締まった腰を軽く前後させながら、真葵が熱い粘液を温人の口内に放出した。

(熱い……)

断続的な痙攣《けいれん》をくり返すソレを喉の奥で締めつけながら、放出される精液をなるべくスムーズに食道へと流し込む。その方が吐き出すよりも後味が残らないことを知っている自分に内心ゲンナリしつつ、温人は幹を扱いて最後の一滴までを搾り上げた。

「……っ、ふぅ」

残滓《ざんし》のぬるつきまで舌で拭ってから、唇を外し、溜めていた息を解放する。

(よし、これでどうだ！)

タイルの冷たさが両膝に沁《し》みているのをいまさらのように感じながら、温人は視線だけで真葵の側頭部を窺った。しかし――。

「……嘘つき」

そこには依然として、黒い獣のミミがぴょこんと突き出している。

見た目的には愛嬌のあるソレをはたはたと揺らしながら、

「ごめんね、ハルちゃん」

真葵が、快感の余韻などまるで感じさせない涼しい顔つきで微笑んでみせた。

「いまのもすっごくよかったんだけど、残念ながら足りないみたい。ホラ」

促されて見た真葵の屹立は、芯を残したまま復活の兆しをゆるゆると見せていた。唾液に濡れたそれが、薄暗い資料室の中で鈍い光沢を得る。

「あ……」

外からは、体育に精を出す生徒たちの声が聞こえてくる。階下でも何百という生徒たちが教師の声に耳を傾け、学び舎にふさわしき健全な時間をすごしていることだろう。

そんなさなか、同じ空間で淫事に耽る背徳感がぞくっと背筋を駆け上がってくる。

(う、まずい)

反応してしまったことを悟られないよう微妙に腰を引いたことで、真葵には逆に勘づかれてしまったらしい。

「ハルちゃんも、ソコつらいでしょ？」

「あ……ッ」

スラックスの上から軽く爪先で突かれただけだというのに、ビクンッと盛大に体が反応してしまう。

「そっちも、すごくヨくしてあげるよ」

「ムリ……だって午後、体育だし」

「大丈夫、中には入れないから。隙間をちょっと擦《こす》るだけ。ね？」

「でも……」

二人でイッて早く終わりにしよう、とダメ押しのように囁かれて、思わず心がグラついてしまう。

確かに、口でダメだったのだから残されている選択肢はそう多くない。それに早く終われば、途中からでも四時限目の授業に紛れ込めるかもしれない。

「その方が二人のためになると思わない？」

（そうか、も……）

けっきょくはその言葉に背中を押されるようにして、温人はその場に立ち上がった。

「こないだみたいにして」

「ん……」

促されるまま、窓の縁に両腕をついて腰だけを後ろに突き出す。背後に回った真葵にスラックスと下着を順に下ろされながら、温人は羞恥《しゅうち》で消え入りたい衝動を必死に押し殺した。

こんなふうに後ろからされるのも、すでに何度か経験している行為だ。

「……あと一回でぜったい終わらせろよ」

「善処する。――もっと脚、閉じて」

熱い掌《てのひら》にじかに素肌を撫で回されながら、閉めた両脚の隙間にぬるりと圧倒的な質量を埋め込まれる。くちゅ……と、真葵が動くたびに濡れた音が鳴るのを聞きながら、熱い芯が前後するのを内腿の際で感じる。

「あっ、……ア」

きっとわざとなのだろう、すでに反応しきっている温人の屹立に微妙なタッチで触れ合わせながら、真葵が薄い肉で隠されている狭間をぐぐっと掌で広げてきた。

「やっ、中は……っ」

「入れないよ、ここも擦るだけだから」

そう言いながら刀身の向きを変え、今度は上向きにされる。まとわりつく淫液をこそげ取るように、尻肉の狭間を執拗《しつよう》に擦られた。

「ん……ッ、ぁ」

窄《すぼ》まりの上を熱く滾《たぎ》った肉に何度も往復されて、濡らされたソコが次第に熱を帯びていく。潤《うる》んでじわじわと綻びはじめたソコが疼《うず》き出したところで、タイミングを計っていたように真葵がまた脚の隙間に狙いを戻した。

「あ……っ、……ン」

急に刺激を失ったソコが、独りでに蠢《うごめ》いてしまうのを自分ではもう止められない。

「ハルちゃんも気持ちよくなって」

「ああ……ッ」

背後から覆い被さってきた真葵が、温人の屹立と自分自身とを一緒に握ってきつく固定した。そのまま前後に揺すられて、ダイレクトな刺激に腰が崩れそうになる。

「あ……っ、アッ、ァアっ」

それを背後から支えられながら、何度も何度もくり返されて、いまにも前が弾けそうになる。すると予期していたように、真葵の指が屹立の根元を縛《いまし》めてきた。

「もうちょっと我慢してね。その代わり、後ろで気持ちよくしてあげるから」

屹立同士を束ねていた手が後ろに回って、窄まりをそろりと撫でてくる。

(あ、ダメ……っ)

すっかり口を開けていたソコが、にちゃっといやらしい音を立てて指を呑み込んだ。慣れた指がすぐに性感帯を探りあてる。

「やっ、ぁあア……ッ」

「ココがいいんだよね。指だけならそんなに負担にならないでしょ?」

くにくにと中を弄られながら、腰の動きが再開される。奥を突くタイミングに合わせて前立腺を突かれると、まるで中を擦られているような錯覚に陥《おちい》る。

（あ、中が……熱くて……）

後ろからの刺激に意識が集中するうちに、気がついたら縛めを解かれていた屹立を熱くぬめった掌がゆっくりと擦りはじめた。

「は……、ぁ、アっ」

抽挿と連動しての摩擦に、緩い刺激だというのにイきそうになったところで、またきつく根元をつかまれる。

「前も、もっとヨくしてあげるね」

すると後孔を弄っていた指が抜かれ、イけない屹立の先端を弄《もてあそ》ぶような刺激が加えられた。淫液を垂れ流す蜜口を痛いほどに撫でられて、悲鳴じみた声が漏れてしまう。

「――っ……ぃ、あッ」

「すごい、トロトロになってる」

真葵の手になおも屹立を翻弄されながら、温人は気づいたら頬を熱く濡らしていた。

自慰とは比較にならないほどの快感にいまにも意識を押し流されそうになりながら、それでいて奇妙な喪失感を味わう。気持ちいいけど、何か足りない――。

さっきまで弄られていた中が物足りなさに疼くのを感じながら、この数ヵ月で覚えた新しい快楽を求めて、自然と腰が左右に揺れてしまう。まるで誘いをかけるように。

（ダメだ、流されちゃダメなのに……）

そう思えば思うほど、急速に募っていく欲望が胸中で膨れ上がる。

「ハルちゃん……」

執拗なほど前を嬲《なぶ》っていた指が、ふいに外された。たっぷりと淫液をまとわせた指が、刺激を求めてパクパクと口を開けていた窄まりにそっと押しあてられる。

「やっぱり、ここに入れてもいい？」

温人の本心を見透かしているように、吐息交じりの囁きが熱く耳元に吹き込まれた。

「やっ……無理……っ」

反射的に首を振りつつも、綻びはいまにも指を呑み込もうと蠕動《ぜんどう》を強めている。

「ちゃんとゴムつけるし、乱暴にしないよ。ゆっくり抜き差しするから」

ダメかな、と言いながら浅く入った親指が前立腺付近をくすぐりはじめた。

「あ、ア……っ」

淡い刺激のせいで何倍にも膨れ上がった物足りなさに、気づいたらまた頰が濡れていた。

「お願い、ハルちゃん……」

ゆるゆると中を弄られながら、狭い隙間を熱い屹立に擦られる。こんなにも硬くて太いモノで、思うさま中を突かれたら――。

「――……ッ」

想像だけで強烈な快感が背筋を駆けた。前から零れた粘液がタラ……と床に糸を引く。

（あ、もう……）

言葉にするのももどかしく、片手を回して指を呑み込んでいるソコを広げると、温人は無理な姿勢で後ろを振り返った。

「はや、く……っ」

焦燥で定まらない視線で、必死に真葵の顔を探す。

「いいの、入れて？」

予想外に近くにあった唇に涙を吸われながら、温人はかくかくと首を動かした。

「いいから……早く、終わらせて……っ」

それからほどなくして、ゴムを装着した屹立を奥の奥まで挿し込まれる。――だが、宣言どおりのゆっくりとした抽挿ではけっきょく満足しきれずに、

「あ……ッ、もっ、と」

自ら強い刺激をねだりながら、温人は時間いっぱい乱れるはめになった。

2

(また最後までやってしまった……)

あれから二回イッて、ようやくのことでミミが消えたのが昼休みに入る直前のこと。

腰が笑って、すぐには歩けない温人の代わりに真葵が昼食の調達に出るのも、すでにいつもの光景だったりする。

「ダメだなぁ、ホント」

出窓に腰かけながら、冷たい窓ガラスに火照った頬を押しつける。ガラスの表面を溜め息で白く染めながら、温人は換気のために少しだけ窓に隙間を作った。それから、

(こんなふうにあいつの相手をするのも)

何度目だろう、とぼんやり考える。

『一過性疑似《ぎじ》獣耳感染症』――。

通称・ミミウイルスは、感染すると一時的に人の耳を「獣状」に変化させる作用を持つ。これはいまも昔も九割以上の幼児がかかる流行性の感染症であり、予防薬こそないものの、その対策はきちんと施されている。

発症する年齢は男女とも三歳前後に限られ、感染すると耳が変化するようになるものの、かかった時点で抑制薬を服用すれば簡単に抑え込めるうえ、それ以外の弊害も特にないので、世間的にこのウイルスを問題視する動きはほとんどなかった。――同様に流行りがちな水疱瘡《みずぼうそう》やおたふくに比べれば、ミミウイルスの症状など無害と言ってもいいくらいだ。

むしろ「お宅、何ミミだった？」と親の間では結果を報告し合うのがセオリーにすらなっているらしい。というのも変化のパターンには個人差があり、体質や感染時期によって出る「ミミ」の種類は多種多様なのだ。

ちなみに温人は「ウサギ反応」だったので、かつてはウサギ耳を生やしていたことがあるのだろう。発症後わりとすぐに抑制薬を飲まされたので、残念ながらその辺りの記憶は残っていないけれど。

（あー、でも写真が残ってたかも）

ウサギ耳を生やした自分と、オオカミ耳を生やした真葵とが並んで写っているスナップをどこかで見たような気もする。いまでも探せば、家のどこかにはあるかもしれない。

なお、薬を飲まずとも五歳をすぎた辺りから耳は自然と変化しなくなる。――のだが、その場合、第二次性徴期に「欲求不満」の具現化として耳が出るようになるのだ。

「……欲求不満、かぁ」

要するに、真葵は感染時に抑制薬を飲まなかった典型的なパターンというわけだ。

いくらほかの感染症より軽視されているとはいえ、ミミの出る思春期が過酷になり得ることは想像に難くない。子を思う親なら抑制薬を服用させるのが普通だ。しかし、発症しても数年経てば症状は治まってしまうので、処置を忘れる親が年に一パーセントはいるのだと聞く。——真葵の場合は両親の仕事が忙しすぎて、対処するのをうっかり忘れてしまったというのが真相らしい。

フルタイムで仕事に精を出していた坂下夫妻の顔が、ふと脳裏に浮かぶ。

(あの家らしいと言えば、らしいけどね)

親同士が懇意にしていたおかげで、真葵とは物心つく前からの付き合いになる。

マンションの隣に坂下家が越してきたのは幼稚園の半《なか》ば頃のこと。それから急速に親交が深まっていった。共働きで忙しい坂下夫妻に代わり、何かと真葵の世話を焼いたのが温人の母だった。幼稚園の後半から中学の半ばまでの間、ともに一人っ子の自分たちは兄弟のように密な時間をすごした。

「昔はホント、可愛かったんだよなぁ」

窓ガラスに頬を預けたまま目を瞑ると、何かと自分のあとをついて回っていた、幼き日の真葵が瞼の裏であどけない笑みを見せた。

自分よりも華奢で、頭の回転のいい弟分を温人は誰より可愛がり、贔屓《ひいき》にした。昔から物覚えも呑み込みもよく、何を教えても秀才レベルでこなす真葵の才覚は、温人にとってひそかに自慢の種でもあった。

だが、そんな資質を生まれ持ったせいで、意図せず掲げることになった「出来のいい優等生」という看板は、ときに重く真葵の肩に圧しかかるのだろう。ほかの誰にもけっして見せようとしない弱気な内情を、真葵は温人にだけは包み隠さず打ち明けてくれた。

（まったく――）

あんなにも万能でどんな未来でも選び放題な立場のくせに、放っておくとすぐネガティヴ思考に走る悪い癖が真葵にはあった。暗い奈落へと真っ逆さまに落ちていく思考を、その都度、明るい方向へと導くのがいつの間にか温人の役目になっていた。

（たぶん、そのせいで）

真葵に弱った表情をされると、いまでも無性に、自分がどうにかしなくてはいけないという衝動に駆られるのだろう。

小学校までは温人にべったりだった真葵も、中学に上がってからはそれなりの協調性と社会性を見せるようになった。温人への依存は相変わらずだったけれど、そんな日々があまりにも日常だったので、互いの関係性に疑問を抱くこともほとんどなかったのだが……。

真葵との密接な関係はある日突然、寸断されることになった。

あれは、温人が高校受験を控えた夏のことだ。両親の仕事の都合で渡米せざるを得ないと真葵に聞かされたときは温人も少なからず動揺したけれど、真葵の絶望はその比ではなかった。温人と離れることを極度に恐れ、毎日のように泣き暮らすようになった真葵を前に、温人はある決心を固めた。

頼ってもらえるのは嬉しいけれど、自分がそばにいる限り真葵の依存心が消えることはないだろう。それに真葵が目の前にいる限り、自分も手を出さずにはいられないのだ。

だったら、手の届かないところへ送り出すのも手ではないか――？　獅子の子落としではないが、ここで突き放すのは家族の情だと思った。折しも、温人を追うようにしてはじめたテニスでも真葵は才能を発揮し、その成長には目を瞠るものがあった。

向こうにはこちらよりも、腕を磨く環境が整っている。

『あっちで名を上げてこいよ』

真葵ならそれができると思ったし、それが自分の望む未来でもあることを温人は丁寧《ていねい》に時間をかけて真葵に説明した。ただ突き放すのではなく思いを託して送り出すことで、真葵が強さを養うことを期待したのだ。

(俺がいなくても、生きていけるように)

夏休みの間、温人は毎日のように真葵を説得し続けた。最後には真葵が根負けするような形で、ようやく首を縦に振った。

『ハルちゃんが望むなら』

精いっぱい頑張る、と真葵は涙声で誓ってくれた。

温人の思いを汲み、海を渡った真葵ががむしゃらにテニスに取り組んでいることを、温人は頻繁に送られてくるメールや、たまにかかってくる電話でよく聞いていた。厳しい世界で着実に積み上げられていく真葵の成果が自分のことのように嬉しくて、ひと晩中話し込んで電話代のケタを跳ね上がらせたことも一度や二度ではない。

着実に腕を上げていく真葵に「ハルちゃんとダブルス組むのが夢なんだ」と言われるたびに、温人は「俺も楽しみだよ」と朗らかに言い続けた。――真葵が渡米した三ヵ月後に、自分が故障でテニスをやめたことは言わずにおいた。

あれは「不運な事故」。誰もがそう言ったし、温人自身もそう思っている。練習中にダブルスを組んでいた後輩と一瞬だけポジションが錯綜《さくそう》した結果、温人の肘はラケットによる強打を受けることになった。もともと負荷がかかって痛めていた肘を損傷したことで、テニスプレーヤーになるという長年の夢は諦めざるを得なくなった。

（さすがにショックだったけど……）

真葵ほどではないが、自分にも才能があると思っていたので挫折は痛かったが、そこで立ち止まっていては何もはじまらない。小さい頃からの夢は断たれたが、それは同時に、無数の夢へと繋がるスタートラインに立ったということでもある。

折しも、四月からは高校という新しい場での生活が待っている。

次なる可能性を模索するには絶好の機会だった。

『次の道に邁進《まいしん》するのみ！』

あっという間に頭を切り替えた温人に周囲は呆気に取られたようだが、温人にとっては至って自然な視野チェンジだった。昔から、ぐるぐると思い悩むのは苦手なのだ。自分がプラス思考だという自覚はないが、何かに躓いて派手に転んでも、反射的に明るい方を向いて立ち上がる癖がついているのかもしれない。

真葵が後ろばかり向く悲観主義者であるのに対し、温人はいつだって前ばかり見て突き進む、楽観主義者な面が強かった。

肘の怪我は完治したものの運動系の部活は制限されたので、温人は入学後、これまでにあまり縁のなかった分野に踏み込んでみることにした。

——そうして所属した生徒会で知り合ったのが、峯岸だった。

甘いマスクに、モデルばりの体軀。そんな軟派な外見ながら、中身は意外に硬派でしっかりしている峯岸とは妙にウマが合った。クラスが同じだったこともあり、気がつけばいつも隣にいる親友になっていた。

天才的に口が上手く、甘い顔立ちで強烈な女子人気を誇る一方、さばさばとした性格のおかげで男受けも悪くない。そんな性質が買われたのだろう、圧倒的支持を受けて峯岸が生徒会長に就任したのが二年の夏前だった。その峯岸を支えるべく、温人は副会長の座を担《にな》っている。

と言っても、峯岸がデキる男なので補助などほとんど必要ないのだが。

『おまえは心のオアシスだから』

そこにいてくれるだけでいいいと、峯岸はよく冗談交じりに口にする。そんな言葉を鵜呑《うの》みにするほど間抜けではないので活動には念を入れているが、生徒会のおかげで温人の高校生活は充実したものになっていた。

『え、真葵が？』

幼馴染みが帰ってくるという話が舞い込んできたのは、そんな折だった。母親の仕事が国内主体に移ったので、ひとまず父親を残して二人だけでこちらに戻ってくることになったのだという。

いつの日か帰ることを見越して、坂下家はマンションを手放さずにいた。そのうえ真葵の編入先も温人と同じ高校だというので、また以前のように隣同士に住み、一緒に登下校できる日がやってくる——そう考えただけで胸が踊った。それにメールや電話でのやり取りは途切れずに交わしていたけれど、顔を合わせるのは二年ぶりだ。

自分にだけは甘えたで依存心の強かった真葵だが、きっと逞しい心の持ち主に生まれ変わったに違いない——その予想は、謂《い》わば半分だけ当たっていた。

『ただいま、ハルちゃん』

八月の終わりに空港で出迎えた幼馴染みは、数年前の面影などどこにも見あたらないほど、逞しく凛々しい姿に成長していた。

見送ったときは自分よりも細く華奢だった肩が、いまでは目線よりもわずかに低いだけのところに張り出している。トレーニングで鍛えられた体軀はどこもかしこも引き締まり、ストイックなラインを描いていた。

『会いたかった』

『え、あ……』

手を差し出されて反射的につかんだものの、目の前の体軀から目を離せない。真葵が身じろぐたびに、薄いTシャツ越しに絞られた体の線がよくわかる。理想を具現化したかのような体型を前に、温人はしばし声を失った。そんな温人を訝しむように、

『どうかした？』

問われて初めて持ち上げた視界に、うっすらと面影を残した顔立ちが映る。

たったの二年でよくこれほどと思うほど成長した体に合わせて、面立ちの方もだいぶ大人びてはいたが、はにかんだような照れくさげな表情は、真葵が昔から温人にだけ見せる顔のひとつだった。

（ああ、真葵だ）

そう思った途端、懐かしくて仕方なくて、温人は人前にもかかわらず「元気だったか！」と思いきり真葵に抱きついていた。

外見はだいぶ変わったものの、言葉を交わしてみれば真葵は相変わらず真葵で、変わっていない部分もたくさんあった。同時に、温人が望んだように内面が逞しくなった様子も随所に窺えて、自慢の弟分はさらなる魅力を備えて輝いて見えた。

残り短い夏休みを真葵とともにすごし、二学期からは一緒に登下校する日々がはじまった。だが平穏な高校生活を満喫できたのは、最初の二週間までだった――。

『ハルちゃん、助けて！』

休み時間中に届いた真葵からのメールに、何事かと指定された資料室に赴《おもむ》いて見せられたのが、あ

の真っ黒い「ミミ」だった。

そのときになって初めて真葵が抑制薬を飲んでいなかったことを知ったのだが、こうなってからではもう遅い。抑制薬の効果は発症してから潜伏するまでの間に服用しなければ、発揮されないのだという。第二次性徴期に入り、「欲求不満」の具現化として現れるようになったミミに対処する方法はただひとつ——「解消」しかない。

どんな方法でもいいから溜まった欲求を解消さえすれば、たちどころにミミは消える。それくらいの知識は真葵にもあるはずなので、きっと一人でできる方法はとっくに試したあとだったのだろう。

『どうしよう、ハルちゃん……』

姿だけは逞しくなったものの、以前と変わらぬ様子で表情を弱らせる幼馴染みを前に、悩める時間はそう長くなかった。

中学に入ってから外面だけはよくなった真葵だが、同年代の友達はほとんど作ろうとしなかったので、中学時代からの面子が少なくないこの高校においても頼れる人物などほかにいなかったのだろう。こちらに戻ったばかりで、こんなセンシティヴなことを相談できる人物がいるとも思えない。

真葵によればこうしてミミが出るのは、向こうにいた間にも何度かあったことなのだという。そのときは自身の手で処理することでどうにか乗りきっていたらしいが、今回はそれを試しても消えなかったのだと、羞恥のためか、打ち明ける真葵の表情がますます弱々しくなっていく。

編入以来、容姿やアメリカ帰りの肩書に釣られてか、真葵の周辺には親交を深めようとする女子の影が絶えなかった。

きっと声をかければ即座に相手が見つかるだろうが、性欲処理のためだけに女の子を利用するなんてそんなの自分が許せないから、と真葵は苦しげに唇を嚙んでみせた。

『ハルちゃんしか、頼れなくて……』

欲求不満のミミは、不満が解消されないことには消えることがない。

『――わかった』

この段階で温人ができることは、もはや助言ではなく実践しかなかった。

『俺と試してみよう』

スルことは同じでも、他人の手だとまた勝手が違うものだ。少し触れただけで猛《たけ》りきった真葵のソレを、温人は献身的に扱き、最後まで導いた。

いま思えばずいぶんな構図だが、あのときは不測の事態に焦っていたので羞恥も何も感じなかった。

真葵のミミが消えたことに、心底ホッとしたのをよく覚えている。

『ありがとう、ハルちゃん』

潤んだ目で礼を言う真葵に、温人は『気にすんなよ』と笑って返した。これくらいなんてことないから、と。――あの時点では一度きりのことだと思っていたのだ。

(それがまさか、ね)

真葵のＳＯＳはその後も続き、一度手を貸した以上、介助を続けないわけにもいかず、温人はそのたびに真葵の『解消』を手伝うことになった。駆けつけられない理由があればまだしも、真葵はなぜか、温人が抜け出しやすい自習時間や休み時間に限って、タイミングよくミミを出すのだ。

初めは手だけで消えていたミミも刺激に慣れるのかそのうち消えにくくなり、回を重ねるごとに施しは次第にエスカレートしていった。手から口へ、口から素股へ、いまでは後ろまで使って真葵に協力するようになっているというわけだ。本当にいろんな意味で。

(どうなんだろね、コレ……)

頭を悩ませるには充分な現状である。

そして何より頭が痛い原因は、己の『感情』にこそあったりする。

「……ん？」

階下から華やかな声が聞こえてきて目を開けると、真下の通路で女生徒の群に捕まっている真葵の姿が見えた。購買部によった帰り道なのは、片手に抱えた紙袋でわかる。チヤホヤと自分を取り囲む級友たちに、真葵があたり障りのない笑顔を浮かべながら応対する。きっと、昼の誘いでも受けているのだろう。と、そのうちの一人が何げない仕草で真葵の肩に触れた。

「…………っ」

途端に胸が痛んで、温人はすぐに目を逸らすとカーテンを引いた。

据《す》わりの悪い感情がみるみる込み上げてきて、思わず口元を押さえてしまう。こんな些細なことでグラついてしまう自分の胸中には、我ながら失笑してしまう。

（あいつは自慢の『幼馴染み』）

同時に可愛い弟分であり、大切な家族のひとりでもある。それはいまも変わらない。

けれど――。真葵に対しての感情がいつの間にか『親愛』から『恋慕』に変化していたことを自覚したのは、ここ二ヵ月ほどのことだ。

真葵がチヤホヤされるのは昔からで、資質や才能に目が眩んだ人々が真葵の周りにはいつも溢れていた。思えばその頃から、妙なモヤモヤは感じていたような気がする。

その曖昧《あいまい》な違和感の正体が明らかになったのは、真葵があからさまに「男」として認識されている、ああいった光景を毎日のごとく見かけるようになってからだ。

（嫉妬とか、ホントしょーもない……）

男の自分が見惚れてしまうくらいだ、いまの真葵がどれほど魅力的な存在として女子の目に映るかはよくわかる。その目線に感化されるかのように、男としてこうありたいと願う理想の体軀をなぞる己の視線も、気づけば違う意味合いを持つようになっていた。

特別は特別でも、違う「特別」だと意識してからは、のめり込むように気持ちだけが日々加速していった。

「……あいつ」

一度は目を逸らしたものの、つい気になってカーテンの隙間から外を覗き見てしまう。すると体よくあしらったのだろう、鮮やかな笑みを浮かべて女子たちに手を振る真葵の横顔が見えた。

（二年前までは、女子に可愛いとか言われて悩んでたくせに）

そうした慣れたあしらいを目にするたびに、向こうでの二年間が透けて見えるようで、また胸の片隅がじわりと重くなる。渡米後すぐに成長の兆《きざ》しをみせた体は、二ヵ月もしないうちに温人の背を追い越していたと聞く。

真葵の母親曰く、一人息子は『切れ長の双眸がミステリアス』などと言われ、向こうでもたいそうモテていたらしい。さぞや恵まれた学校生活を送っていたに違いない。

「とか、考えちゃう自分がやんなるね……」

溜め息とともに送り出した独り言を、ガラスの外に追いやってから窓を閉める。

同性を好きになるなんてとか、しかも相手は幼馴染みなのにとか――。ひととおりの戸惑いは最初のひと月で呑み込み、消化したあとだ。いくら前向きなタチとはいえ自分の恋心には当惑したけれど。

（好きなものはしょうがないし）

それに潜在的な下心があったからこそ、きっとこんなカラダの関係にまで発展してしまったのだろう。冷静に考えるまでもなく、自分たちの関係は『幼馴染み』も『家族』の範疇《はんちゅう》もすでに越えてしまっているわけで。

一線を越えるほどの思いが自分の中に在るのだと自覚してからは、吹っ切れて楽になった部分もあるが、逆に真葵との逢瀬は日に日に重く感じられるようになっていた。

いまのところ真葵以外の男に惹かれる傾向もないし、女の子を可愛いと思う気持ちも健在なので、自分の性的嗜好はいわゆるバイというやつなのかもしれない。

それはべつにいい。いいのだが――。

(真葵は違うし)

現状を見る限り、年上として兄貴分として、導くべき存在である自分が率先して悪影響を与えているようなものだ。

性欲処理に女の子を巻き込みたくないという真葵の言い分もわかる。互いに年頃なので、目先の快楽に流されやすいのもご愛嬌。けれどこんなことを続けていたら、まともな恋愛のチャンスをみすみす逃すことになる。自分のせいで真葵の性的嗜好までが影響を受けてしまったら、

(おばさんたちに合わせる顔がない……)

脳裏に浮かんだ真葵の母親・有美の笑顔に、思わず心の中で手を合わせてしまう。真葵がこのまま道を踏み外さないよう、どうにかせねばと思ってはいるのだが――。

妙案もないまま、今日まできてしまった。

「ただいま、ハルちゃん」

紙袋を片手に帰ってきた真葵が、書棚の影からひょこりと顔を覗かせる。先ほど垣間見た鮮やかな笑顔とは、まるで違う穏やかな笑みが怜悧な面立ちを柔らかく綻ばせた。

(あー……)

そういう自分にしか見せない表情を、真葵はいくつも持っている。気負わない素の顔を見せられる

たびに、最近では嬉しい気持ちよりも罪悪感が勝るようになっていた。

こんなにも無防備に懐いてくれる真葵を、自分はある意味裏切っているのだから。

壁際の机に押し込まれていた椅子を、窓辺まで運んでから真葵が腰を下ろす。

「ハルちゃんの好きなハムエッグサンド」

「……サンキュ」

目の前に腰かけた真葵からサンドイッチの包みを受け取ると、温人は無言のままそれを口に運んだ。するると寡黙ぶりを気にしたように、真葵が眉根をよせながら口を開く。

「――ごめんね、無理言っちゃって。体つらいよね……怒ってる？」

「べつに怒ってはない、けど」

最終的に欲しいとねだったのは自分の方だ。そこを突かれると一気に羞恥がぶり返しそうだったので、温人は「そんなことよりも」とすぐさま話の方向性を変えた。

「まだいないわけ？」

「って、また好きな人の話？　最近いつも訊くね。でも俺の答えは変わらないよ」

俺にとってはハルちゃんがいちばんだから、と真葵が目を細めながら子供のように笑う。

鼻の頭にわずかにシワがよるのは、真葵が会心の笑みを見せている証拠だ。それは全幅の信頼をよせられているサインでもある。

胸に痛い笑顔から目を逸らすと、温人は軽く唇を尖らせた。

「だからそういうんでなく……おまえだって彼女は欲しいと思うだろ？」

「カノジョ、ねぇ」

そこでたっぷりと間を取った真葵が、ややして細くはかなげな息をついた。

「こないだからやけにそんな質問ばっかりだね。やっぱり俺の相手なんかするの、嫌なんでしょ……ごめんね、俺がこんなだから」

（あ、しまった）

目に見えてしょげた真葵が、俯きながら唇を噛み締める。もしもミミが生えたままだったら、捨てられた子犬のように両耳とも悲しげに伏せられていることだろう。

「ハルちゃんに甘えてるのはわかってるんだ。迷惑だっていうなら、いつでも突き放していいよ。ハルちゃんに嫌な思いさせてまで続けることじゃないし……」

どうやらネガティヴスイッチが入ってしまったらしい真葵の気を逸らすために、温人は出窓を降りると手の届く位置にあった黒髪をくしゃくしゃと片手で掻き回した。

「迷惑とは言ってないだろ。そりゃ恥ずかしさはあるけど……そこはお互いさまだし」

真葵の膝の上にあった紙袋から、牛乳パックを選んでまた出窓まで戻る。

「本当に、迷惑じゃない……？」

不安が色濃く残る瞳を見返しながら、温人は軽い調子で肩を竦めてみせた。

「だったら半年も付き合わないって」

言いながらニッと歯を見せたところで、真葵の表情がやっとのことで緩んでいった。

(その言葉に嘘はない、けど)

これから先の話になると、付き合える保証はないわけで……。どうしたものかなと心中だけで頭を抱える。真葵のためを思うなら心を鬼にしてでも手を放すのが正解なんだろうが、こと温人に関してはいまだに過敏な反応を見せる真葵なので、話の持っていきようには神経を使う。どうするのがいちばんいいのか、考えはじめてそろそろひと月が経とうとしていた。

パックに差したストローを咥えながら窓の外を見ていると、ふいに立ち上がった真葵が傍らにより添うように立った。

「ん？」

「寝癖ついてる。朝からこうなの？」

側頭部でくるんと跳ね返っていた毛先を、真葵が笑いながら片手で撫でつける。出窓に腰かけているせいで、目の前に立つ真葵の目線はいつもよりも高い位置にあった。

「子供みたいだね、ハルちゃん」

背を屈めるようにして覗き込まれて、さらりとした真っ直ぐな前髪が目前で揺れる。その隙間から見えた眼差しが痛いほどこちらを見つめているのに気づいて、

(う、わ……っ)

温人は反射的に目を瞑っていた。その一秒後——吐息が触れるほど近くにあった唇が、おもむろに

頬に押しあてられる。

「……何」

動揺を押し殺して目を開けると、真葵が邪気のない笑顔で首を傾げるところだった。

「パンくずついてたよ」

「——あっそ」

必死に平静を装いつつ真葵を押しのけると、温人は触れられた頬を片手で覆った。

ますます子供みたいだね、と綻んだ表情に他意は感じられない。真葵にしたら子供時代の延長線上、他愛ないスキンシップのつもりなのだろうが、

(心臓、止まるかと思った……)

こちらとしては堪ったものではない。

「あ、そうだ」

急用を思い出したふうでひょいと出窓から飛び降りると、温人は動揺で震えている指をさりげなく背に隠しながら、真葵から一歩、距離を取った。

「悪いけど、カイトから早めに戻るよう言われてたんだった」

声だけはあくまでも通常運転を心がけつつ、さらに一歩分距離を開く。

「それって、生徒会絡みの話?」

「ん、そんなとこ」

架空の用事をでっち上げて「じゃ、またな」と去ろうとした温人の腕を、思いがけないほど力強く、真葵の手が引き留めた。

「今日は一緒に帰れる？」

「……おまえがテニス部に出るんならな。そしたら同じくらいに終わるだろ？」

暗に部活への顔出しを促すと、真葵が「わかった」と小さく頷いてみせた。

「じゃ、放課後またな」

腕の力が緩むやいなや、時間が押しているような素振りで資料室を出ると、温人はそのままの勢いで廊下を駆け出した。

（あのバカ……っ）

いまさらのように顔が熱くなるのを片手で庇いながら、階段を一段抜かしで降りる。掌の下でそわそわと唇の感触が疼いていた。

＊＊＊

「——生徒会、ね」

温人のいなくなった部屋で一人きり、低く零しながら真葵は小さく息をついた。

（そんなのやめちゃえばいいのに）

口には出さないけれど、心の底ではいつも思っていることだ。

三年になれば文系と理系とでクラスが別れるので、あの二人がクラスメイトになることはもうないだろうけれど。

「生徒会で会うんじゃ、意味ないし」

三年になっても上期の任期が終わる六月までは役員の仕事が続くはずだ。それに、温人とあの男はそれ以前にムカつくほど仲がいい。互いの家に気軽に遊びにいったり、連れ立ってどこかに出かけるのも頻繁だった。

自分が不在の間についた悪い虫――それがあの峯岸だ。

親友です、なんて顔で温人の隣に並んでいるが、自分にはわかる。

(あの男は同じ穴のムジナ)

温人狙いだと目の中に書いてある。

峯岸の存在を知ったからこそ、帰ってきてわりとすぐに手を打ったのだが――。

「それはいまのところ順調、かな」

最近やけに『彼女はいらないのか』などと訊《たず》ねられはするけれど、その部分に関しては素直な気持ちを返している。彼女なんて欲しいわけがない。

自分が欲しいのは温人だけなのだから。

「ハルちゃんさえいれば何もいらない」

出来のいい優等生を演じるのも、向こうでテニスを続けていたのも全部、温人が望むからだ。

それ以外の理由なんてない。

温人が目指していた未来の範疇にいたくて一時期は無心に打ち込んだテニスも、こっちに戻ってすぐに事故のことを知り、興味も執着も一気にゼロになった。温人の勧めで籍だけはテニス部に置いているものの、最近はまともに顔すら出していなかった。

違う分野に興味が湧いたからテニスにはもう情熱がない、と温人には伝えてあるが、それなりの実績を積んでいた向こうでの経歴が彼には惜しく映るのだろう。

「ハルちゃんがやってないテニスに、価値なんてもう欠片もないのに」

真実を言えばきっと怒るだろうから、本当のことを言う気はない。

(顔出しすると、またうるさくなるかな)

たまの練習や試合に出るのもああやって温人が望むからであって、それ以外のモチベーションなんてどこにもない。顧問や部員にやたらと期待をかけられるのも、いいかげんウンザリしているところだった。

周囲はともかく、温人を納得させるには同じように怪我をするのも手かもしれない、とは最近考えていることだ。そのためなら、腕を折るくらい厭《いと》わない。それどころか。

(そばにいるためなら、どんなことだって)

してみせる覚悟と自信が真葵にはある。

自分にとって温人がどれだけ不可欠な存在であるか、思い知るのに二年は長すぎた。忙しい日々に追われ、一時帰国もままならないまま、温人への思いだけをよすがにすごした二年――気持ちは募り、燻る一方だった。

こうして彼の元に戻ったいま、ポジションを手放す気なんてさらさらない。

そのためなら何だってする。

「――キレイで可愛い、ハルちゃん」

そう褒められるのを嫌う温人だが、あんなにもキレイで清廉な人間を真葵はほかに知らない。外見においても、内面においても。

昔から細くてたおやかな印象だった温人だが、体格で自分が追い越してからははかなげな風情すらまとっている気がする。あの柳腰を撫でさすった記憶だけで、またぞろ下半身が熱くなりそうになって、真葵は思わず自嘲の笑みを浮かべた。

自分の中に渦巻く、劣情と妄執を温人は知らない。

そのはじまりはいつかと問われれば、たぶん最初から。

出会ったその日から、自分の心は温人に囚われたままなのだ。

「ハルちゃん、大好き」

唇に残る頬の感触を思い出しながら、真葵は残された部屋で一人、目を瞑った。

3

「ックション！」

くしゃみの反動で前髪を揺らしてから、指定ジャージに包まれた肩を両手で抱き締める。汗ばんだ体のまま着替えたので、こうしてただ座っているだけだと体が冷え込んでいく一方だった。

（うー……腰に響いた）

クラスメイトたちが短距離走に挑む姿をグラウンド脇の芝生で眺めながら、疼く腰にそっと片手を宛がう。危惧していたとおり、とても参加できる状態ではなかったので、五時限目の体育は見学するはめになった。

資料室から教室までダッシュで戻ったせいで、さらによけいな体力を消耗してしまった気がしないでもない。先週と先々週は保健の座学だったのでこんな状態でもどうにか耐えられたのだが、今日はそういうわけにもいかなかった。何もかも真葵が悪い！　とやつあたりしたいところだが、とどのつまりは流されてしまう自分が悪いわけで。

溜め息交じりに体育の授業を眺めていると、コースを走り終わった峯岸が「よう」と気軽な仕草で隣に腰を下ろした。

「風邪か？」

「そうかも……」

答えた途端、「ほら」と渡されたジャージの上着をありがたく肩から羽織る。

立て続けに三本も走ったせいで、息が上がっているのだろう。Tシャツ一枚でも暑そうな風情で峯岸が首元の生地をつまみ、中に風を送る。

「昼、一緒に食おうと待ってたんだけどな」

「あー悪い」

どうやら教室でしばらく待っていてくれたらしい峯岸にひとこと謝ってから、温人は真葵といたことを告げた。

「あいつの発作がなかなか治まらなくて……不安がるから一緒にいたんだよ」

「へーえ」

真葵が使っている言い訳を、温人も峯岸相手には盾にしている。詳細は言わずに、昔から知っている自分がそばにいれば大ごとにならずに治まる程度のモノだから、とずいぶんぼかした説明しかしていないのだが、ありがたいことに峯岸がそれ以上詮索してくることはなかった。

「まったく、甲斐甲斐しいこった。にしてもあいつって、おまえに懐きすぎじゃね？」

「そりゃ幼馴染みだからね」

雑談のつもりでそう答えながらクラスメイトたちの走りを眺めていると、同じく軽い口調で峯岸が「どうだか」と返してきた。

「つーか、おまえらのアレ、幼馴染みの範疇じゃねーから」

「え？」

一瞬、カラダの関係を知られているのかと思い、背中に冷や汗が流れるも、

「あんなベタベタしてりゃ、オトコ同士でデキてんじゃねーかと勘ぐる」

そう冗談めかした言葉が続いて、温人は思わず強張りかけていた肩の力を抜いた。

（びっくりした……）

気の置けない友人といえど、あんなコトをしている仲だと知られるのは気まずい。

ミミを消すためという理由があるとはいえ、最近ではすっかりセフレのような状態に陥っているのでなおさらだった。それに自分には下心があるが、真葵は——。

（やっぱりまずいよな、こんなの）

峯岸の言葉に、改めて状況の悪さを思い知らされた気がした。

同時に、この苦境を打破しない限りはずっとこんな苦悶を抱えていなければならないのだと、遅まきながら自覚する。それに自分が足踏みすればするほど、真葵の高校生活はこのまま無為に消費されていくのだ。

「あいつはともかくさ」

「んー？」

「俺はホモかも」

気がついたらポロリと、そんな本音が零れ出ていた。

「……って、どういうことだよ」

峯岸の反問に被さって、体育教師の招集がかかる。すると間髪入れずに、峯岸が教師に向けて大声を張り上げた。

「足挫《くじ》いたんで保健室いってきまーす！」

付き添いに温人を指名した峯岸に「ほら、いくぞ」と促されて立ち上がる。

「カイト？」

「いまは授業より、こっちのが優先。おまえここんとこ、ずっと悩んでたろ？」

「あ……」

「聞かせろよ、その話」

自分としては至って普段どおりに振る舞っていたつもりなのだが、峯岸の目は誤魔化せなかったらしい。それに助言を仰ぐなら、視野の広い峯岸は最適の相手だ。

名目上、肩を貸しながら校舎に入ったところで、峯岸が行き先を生徒会室に変更する。

「いいの？」

「秘密の相談にはもってこいだろ。どっちにしろ今日はセンセ不在で、保健室閉まってるしな。応急処置に生徒会室の救急箱に用があった、って大義名分」

そう言いながら職権乱用で生徒会室を開錠した峯岸に続いて、薄暗い室内に入る。

「ついでに茶でも飲んでくか」

電気ケトルに手をかけながらの生徒会長の申し出を笑って断ると、温人は峯岸が口八丁で譲り受けた元応接室のソファーセットに腰を下ろした。斜《はす》向かいに腰かけた峯岸が、「それで？」と続きを促してくる。

「――俺、真葵のこと好きなんだ」

カラダの関係やミミのことは伏せて、その一点だけを素直に打ち明ける。

「幼馴染みの情じゃなくて、恋愛的な意味でってことなんだけど……」

「それっていつから？」

「自覚したのは去年の終わりくらいかな。でも前から傾向はあったんだと思うよ」

偏見の気配もなく真剣に聞いてくれる峯岸に、温人は次々と胸のうちを言葉にしていた。自分でも気づかないうちに抱いていた、恋心の成り立ちを――。

「ふうん、なるほどね」

「いま思えば最初のターニングポイントは、再会したときかも。あまりに理想の姿に育ってて、なんかときめいちゃってさ」

「理想ねぇ……」

そう言葉を切った峯岸は、どこか複雑そうな顔をしていた。それからおもむろに自身の姿を見下ろしながら「じゃあ、俺は？」と訊いてくる。

「俺は温人の理想とは遠い？」

「んー、おまえもいい体してるとは思うよ」

Tシャツに包まれた体躯は肉づきも骨格もいいが、温人の理想に比べると少しがっしりしすぎている。素直にそう答えると、気落ちしたように峯岸が項垂《うなだ》れてみせた。

「カイト……？」

「俺はおまえの理想じゃないわけね。それって俺に惚れる可能性はないってこと？」

俯きながらも目線だけでこちらを見返した峯岸が、ふっと意味ありげに口角を上げる。

「え？」

「俺もおまえが好き、って話なんだけど」

「カイトが？　俺を？」

「そ。マジな話、おまえに惚れてる」

「知らなかった……」

意外な告白に虚をつかれるも、温人は一瞬後には答えを出していた。

「——サンキュ。気持ちはすげー嬉しいけど、俺が好きなのは真葵だからさ」

「……だよな」

がっくりと首を落とした峯岸が、「一秒で玉砕かー」と小さく独りごちる。

「こりゃ笑うしかねえ」

そう苦笑する親友に、ゴメンと反射的に謝りかけた口を制するように、峯岸がさっと片手を挙げてみせた。

「ま、半ばわかってたことだし？　こっからはおまえの親友として相談に乗るよ」

冗談めかした口調の裏には、こちらに気を遣わせないよう配慮している気配が窺える。

（ありがと、カイト）

その心遣いに内心だけで感謝してから、温人はいま抱えている葛藤について、思慮を重ねながら少しずつ口にした。

真葵には明るく夢のある人生を送って欲しいこと、それには自分の思いが障害になる気がしてならないこと――。

自分が真葵を好きなことで、幼馴染みのまっとうな人生を曲げてしまうんじゃないかという危惧がどうしても頭から離れないんだと吐露すると、峯岸は眉宇を翳らせた。

「つーかおまえら、両思いなんじゃねーの？　こう言っちゃなんだけど、あいつのおまえに対する執着って普通じゃないじゃん」

峯岸の指摘に、温人は苦笑しながら首を振ってみせた。

「あれは言うなれば、刷り込みだから」

いまも目に見えて温人に依存している真葵の現状は、確かにそんなふうに見えるだろう。でもそれは小さい頃からの惰性であって、けっして色恋沙汰に結びつくものではない。

「あいつに打ち明ける気はないのか」

「……ないよ」

自分の一挙一動に、真葵は怖いほどに左右される。そうやって頼られる存在だからこそ、ノーマルな真葵を間違った方向に導くわけにはいかないのだ。

「だったら、道はひとつだろ」

こちらの言い分を聞き終えると、峯岸は笑って肩を竦めてみせた。

「おまえ、いま煮詰まってんだよ。思い詰めてもいいことねーし、少し距離置いてみたらどうだ？」

何にしろ、いまの距離感では近すぎて見えないものもあるのではないかという峯岸の言葉に、トンと背中を押された気がした。

確かに、いまの自分たちは互いによりかかり合っているような状態だ。近くにいすぎて、見落としている要素もあるのかもしれない。

最終的には真葵の独り立ちを狙うにしても、少しずつ距離を開けて様子を見るのが現状ではいちばんの得策だろう。そう結論づけたら、急に肩が軽くなった気がした。

「ありがと、カイト」

「えーえ、どういたしまして」

温人の礼におどけた様子で答えた峯岸が、軽く肩を竦めてみせる。

「ま、あいつに見切りつけたら俺に走ってくれてもいいし」

「親友に専念するんじゃなかったの？」

「臨機応変が俺のモットーでね」

顔を見合わせてどちらからともなく笑い合ってから、ソファーにゆったりと背を預ける。

峯岸のおかげで軽口を叩き合えるまでに軽くなっていた心持ちに感謝しながら、温人は脳裏に真葵の姿を思い浮かべた。

真葵が大事だから距離を取るんだと、そうわかってもらえれば話は早いのだが。

（きっと、落ち込むだろうな）

授業中だというのに、タイミングよく真葵からのメールが携帯を震わせた。開いてみると、今日の件を改めて詫びる文面が連なっている。

脳裏にいた真葵の表情が、みるみる捨てられた子犬のような哀愁を帯びた。

（うわあ……）

想像だけでうっかり折れそうになった心を叱咤して、パンと両手で頬を叩く。

「俺がしっかりしなくちゃね」

「そうそう、その意気」

捻挫の偽装工作のために、救急箱から取り出したテーピングで足首を固めていた親友に、温人はもう少しだけ甘えることにした。

「悪いんだけどしばらく、生徒会の用事ってことでここに入り浸ってもいいかな。朝とかも早めに登校して、あいつとの時間減らそうと思うんだけど……」

「そんなら俺も付き合うかな。仕事なんて作ろうと思えばいくらでもあるしね。俺としてはむしろ、大歓迎」

真葵の帰国以来、ほとんど一緒だった登下校をずらすだけでも多少の効果は見込めるはずだ。それに生徒会の活動が理由であれば、真葵がごねる余地もないわけで。

(あとは、ミミだけか)

最初の頃に比べたらずいぶん頻度が上がり、最近では週三以上のペースで携帯が鳴ることも多かった。男の自分が相手ではやはり、根本的な欲求を充たすには不充分なのだろう。

SOSの回数が如実にそれを表している気がして憂鬱《ゆううつ》の種のひとつになっていたのだが、呼び出しに応じなければ自然と——。

(その答えも出るはず)

温人が助けに向かえないとなれば、真葵だってそれなりの対処を考えるだろう。

あいつが誰を選ぶかはなるべく考えない。

胸中でうねる嫉妬心からは目を逸らすと、温人はもう一度ピシャリと片頬を張った。

「よっし!」

「……おまえ、意外に体育会系だよな。叩きすぎで頬、赤くなってるぞ?」

「いーの、気合の印っ」

苦笑した峯岸にそう答えながら、温人は久しぶりに視界がクリアになるのを感じた。

思い悩むのは性分じゃないのにここ二ヵ月ほど低空飛行が続いていたせいで、視界も曇りがちだったらしい。だが迷いが消えたいま、するべきこともはっきりと見える。

自分の恋より、真葵の方が大事だから。

（そのためなら頑張れる）

「そんじゃそろそろ戻りますか」

と、肩を叩いた峯岸に続いて、温人は生徒会室をあとにした。


――その日の放課後から、温人は作戦を決行した。手はじめに一緒に帰る約束をキャンセルし、翌日の登校時間もずらした。さすがに毎回避けるのはやりすぎな気がしたので、何度かは一緒に通学路を歩いたが、生徒会の活動だから仕方ないと真葵も理解してくれているようだった。

ＳＯＳも、二回に一度は駆けつけられない理由を作って回避してみた。その点に関して、真葵は予想外なほど何も言わなかった。

きっと、先日のやり取りを気にしているのだろう。来られない温人を責めることもなく、どう処理しているのかも口にはしなかった。

そうこうするうちに十日ほどがすぎて、いつしかＳＯＳがくることもなくなっていた。

その理由を訊ねたら『好きな人ができたんだ』と返されて、少なからずショックを受けたけれど、喜ばしいことだと自分に言い聞かせた。あれだけモテる真葵のことだ、片思いに終わらず成就させたのだろうが、校内でそれらしき相手を見かけることはなかった。

誰と付き合っているのか、訊ねても真葵は微笑むだけで明かしてはくれなかった。でも、幸せそうな笑みを浮かべていたので、温人はそれだけで満足することにした。

真葵がまっとうで明るい未来を手にしてくれるなら、これ以上の望みなんてない。

そうして真葵との関係が好転したと思った矢先に――事件は起きた。

「な、なんで……!?」

抑制薬を服用したはずの自分になぜか、あの「ミミ」が出たのだ。

4

（……なんでこんなことに）

男子トイレの個室にこもりながら、温人は文字どおり頭を抱えていた。

指に触れる柔らかな感触が間違いであればいいと、何度念じたことか。これが悪夢なら、そろそろ目覚めどきだろう。

「どうして俺に……？」

生えるはずのないモノが生えた側頭部を両手で庇いながら、温人は湿った息を零した。

自身で裏返して確認できるほど長いミミは、柔らかく短い被毛に覆われている。毛皮の手触りはまさにラビットファーのそれで、毛のない内側は敏感なのか、触れるとそれだけでくすぐったくて仕方なかった。手を放すと、重みでわずかに垂れたそれが視界の端でゆらゆらと揺れる。

「どうしよう」

ソレが出たのは幸いなことにも、生徒会室に一人でいるときのことだった。

あれは三時限目の休み時間。明日の会議で使う資料の整理に何の気なしに訪れた直後、

（耳元が急に熱くなって……）

温人は未知の変化に襲われていた。

まるで誰かに引っ張られでもしているかのように耳が伸びていく感覚があり、みるみるうちに形状の変わったソレがふわんと両側に垂れるまで、三十秒もかからなかった気がする。――と、同時になぜか下半身が熱くなって、温人は人目を忍んで男子トイレに駆け込んでいた。

『発情期みたいなもんだもんな』

いつかの自分の言葉を思い返すような衝動に駆られながら、温人は自家発電に励んだ。こんな時間にこんな場所で、はしたなく盛っている自分を顧みる余裕すらなかった。

ミミが出ると神経が過敏になるのだろうか、自分の手でシているだけなのにいつもの何倍も感じてしまい、ほどなくして声を殺すのが難しいほどの絶頂を迎えた。なのに――。

（なんで消えないんだろう……）

比喩でなく半泣きになりながら、温人はまだ熱を持っている下半身をひとまず無理やり服の中に押し込めた。

悩んでいる間に四時限目の授業がはじまってしまったので、いまなら誰の目にも留まらず校内を移動できる。ここは恥を忍んで保健室に出向くべきだろうか。でもできることなら、誰にもこんな姿は晒したくないと思う。いまならあの日の真葵の気持ちが、正確に理解できる気がした。

周りでミミを出した同年代など、知る限りでは真葵以外にいない。それどころかたまに噂で聞く程度だったので、真葵が実際に出しているのを目にするまでは『欲求不満でミミが出る』なんて、冗談みたいな話だと思っていたくらいだ。

(誰かに相談……)

一瞬、峯岸の存在が頭をよぎるも反射的に首を振ってしまう。今日の峯岸は区内の生徒会連合に出席するため不在なのだが、いたとしてもとてもじゃないがこの姿を晒す勇気はなかった。それに体は発情の二文字にふさわしく、一度放出したにもかかわらず、まだまだ内側で種火を燻《くすぶ》らせていた。

こんなあられもなく発情した姿を、誰が見られたいと思うだろう。

(これは羞恥の極みかも……)

ミミを出した真葵がどんな思いをしていたか、心底実感しながら溜め息をつく。

時間を置けばじきに体の熱も冷め、収束するのではないかと期待していたのだが、事態はむしろ悪化する一方だった。

抑制薬を服用していたにもかかわらず、こうなった理由はわからない。そして収める方法もわからないまま、温人は何度目かの波でまた昂ぶってきた体を両手で抱き締めた。

(こうなったら……)

最終手段に踏みきるしかない。スラックスから引っ張り出した携帯に真葵宛てのメールを打ち込むと、温人は祈るような心地で送信ボタンを押した。

来てくれるかどうかは、五分五分な気がした。このタイミングだと途中で授業を抜け出さねばならないし、真葵のＳＯＳを何度か見殺しにした身としては虫のいい要請だという思いもある。けれどいまは、真葵に縋るしか道がなかった。

ミミが出ると聴覚が変わると聞いてはいたが、ウサギの耳も人間よりははるかに精度がいい。小さな物音のひとつひとつに怯えながら、温人は便座の上で両膝を抱えた。

やがて遠くの方から、一人分の足音が近づいてくるのが聞こえた。廊下を進み、真っ直ぐにトイレに入ってきた誰かが、温人のいる個室の前で足を止める。

「ハルちゃん？」

耳慣れた声を聞いた途端、涙が零れそうになった。震える手で鍵を開けると、心配げな面持ちの真葵がそこに立っていた。

「真葵……」

「わ、本当にミミ出てるね。でも、どうしてハルちゃんが？　薬飲んでたよね」

「俺も……わかんない」

温人の様相に目を瞠っていた真葵が、やがて唇に薄く笑みの気配を載せた。

「すごく似合うけどね」

「そんなこと言われても嬉しくない……っ」

声が涙声になってしまうのを感じながら、温人は無意識のうちに手を伸ばしていた。

「ハルちゃん？」

「来て、くれないかと思った……」

力ない温人の呟きに、真葵が手を取りながら今度は鮮やかな笑顔を浮かべてみせる。

「そんな意地悪、俺はしないよ」

（え……？）

どこか含みのあるその言葉に、引っかかりを覚えた直後に、

「あ、……ァッ」

前触れなくミミに触れられて、反射的に甘い声が漏れていた。

「ここってすごく敏感だよね。ほんの些細な刺激でも、神経に直接響くっていうか」

「——……ッ、や、ぁ」

言いながら内側の薄い皮膚を指先でくすぐられて、温人はそれだけで達しそうなほどに体が昂ぶるのを感じた。体温が一気に上昇して、鼓動が早鐘を打ちはじめる。

「どうする？　場所変えて処理しようか」

温人の耳を弄りながら、真葵が思案するように首を傾げる。距離的に近いのは生徒会室だけど、資料室の方が安全かな——そう提案する真葵の声をどこか遠く感じながら、温人は真葵のブレザーの袖口をつかんでいた。

「ム、リ」

「え？」

「ここで、シて……」

それだけ言うのにも苦労するほど、息が弾んで胸が苦しい。火照って仕方ない体を必死に宥《なだ》めなが

ら、それを解消してくれるはずの体を温人は性急に個室へと引き入れた。

「でも、ここじゃ声が」

「も……待てない、だから……」

(早く楽にして)

溢れ出した涙で頬が熱くなる。

気づけば欲情に支配されて、もうそれ以外のことは何も考えられなくなっていた。

「――お願い、真葵……」

囁きながらさらに涙を零すと、真葵が蕩けるような笑みで表情を緩ませる。

「いいよ、ハルちゃん」

後ろ手に鍵をかけた真葵が、目前に立つ。

「あーあ、子供みたいな泣き顔だね」

涙で濡れた頬に両手が添えられた。腰をかがめて涙の跡を唇で啄《ついば》まれている間に、真葵のベルトを外しにかかる。

「あれ、そっちも欲しいの?」

問いかけに頷きながらバックルを弄っていると、大きな掌にそれを阻まれた。

「まずは先にイかせてあげるから。場所交代しよ?　ほら、立って」

促されて立ち上がるも、すぐにふらついて抱き止められる。

「足元危ないね。俺の指示に従って」

「ん……」

真葵の手によってゆっくりと反転させられた体を、温人は壁に手をつくことでどうにか支えた。入れ替わるように便座に腰かけた真葵が、すでに緩んでいる温人のスラックスに手をかける。

「中、濡れてる。自分でもシたんだ？」

下着の内側に指を忍ばせるなり、真葵がクスと小さく笑った。

視界が潤んでいるせいでぼんやりとしか捉えられない真葵の笑顔に、熱に浮かされたように何度も頷いてみせる。

「ミミ出してするの、気持ちよかった？」

「………ん」

あからさまな問いに一瞬だけ躊躇《ためら》うも、けっきょくは力なく頷いてしまう。

「それじゃ、もっとよくしてあげるね」

言うが早いか、下着を下ろして剝き出しになったソコを真葵に含まれる。

「ああァ……ッ」

手淫とは比べものにならない快感に呑み込まれて、思わず声を上げると真葵にネクタイを嚙むよう促された。唾液で溢れた口内にタイを押し込んだところで、

「――………ッ」

真葵が本格的な愛撫を開始する。

慣れた舌に弱い部分ばかりを刺激されて、温人は呆気ないほどあっさりと絶頂寸前まで追い込まれた。

「ふぅ……っ、ん」

射精を待ちわびて前後に揺れる腰を真葵の右腕にしっかりと抱かれながら、左手で幹を扱かれて、蜜液の沁み出す孔を執拗に舐められる。

細い隙間に舌先を押し込まれるたびに、ビクビクと細腰が戦慄《わなな》いた。ミミが出ているせいで通常の何倍も過敏になった体を、ゆっくりといつもより時間をかけて可愛がられる。

「――――……っ、ンん……ッ」

二度目の射精でようやく熱を吐き出せたときには、唾液を吸ったタイが重くなっているほどだった。

「んっ、……ぁ」

濡れてどろどろになったそれを吐き出してから、荒い呼吸を必死に整える。

「いっぱい出たね」

絶頂で閉じていた瞼をうつろに開くと、舌の上に載せていた白濁を真葵が掌に移すところだった。

一度目も驚くほど量があったというのに、二度目もかなりの濃さを保っていたそれを真葵が手の上でトロリと弄ぶ。

「――まだ消えないみたいだね」

言われて目線を持ち上げると、視界の端でゆらゆらとミミが揺れていた。

「じゃあ、今度は後ろからしてあげる」

真葵の言葉に、ただ反射的に頷く。たかが二回の絶頂ではとても足らないとばかり、温人の体はさらなる快感を貪欲に求めていた。

「ンっ、……ぅ、んっ」

気づけばまたネクタイを食まされて、今度は後ろから突き上げられていた。壁についた手に、真葵の熱い掌が重なる。

「ハルちゃんの中……すごいよ……」

踵が浮き上がるほど激しく突かれながら、同時に片側の耳を真葵の唇に捕らわれる。

「……ッ、――……っ、ひ」

薄い皮膚を酷なほど舐め回されて、温人はその刺激だけで前を弾けさせていた。

＊　＊　＊

彼が人目のないところで発症してくれたのは幸いだったな、と思う。――教室や廊下で発症した場合の対応も考えてはいたが、自分のシナリオとしては現状がいちばん望ましい。

（ハルちゃん、可愛かったな）

くったりと力の抜けた体を背に載せながら、真葵は帰路を歩いていた。

時刻はまだ夕方にもなっていない。いつもより早い下校なのは、温人の体調を理由に早退を願い出たからだ。

トイレで一度、それから資料室に場所を移してもう一度――最終的に二時間にも及んだ行為の途中で、温人は気を失ってしまった。

（初回の効き目は強力だからね）

無理もないかなと思う。薬で強制的に身体機能を変化させられるのは、やはり体に負荷がかかるものだ。何度か試すと次第に慣れてはくるらしいが、今回は媚薬も配合してあるタイプだったので効果のほどは強烈――あれほどに乱れた温人を見るのは、真葵も初めてだった。

「いろいろ仕入れといてよかった」

向こうで手に入れたクスリはまだたくさんある。こちらではわりとタブー視される思春期のミミ出しだが、真葵がいる間のアメリカでは『むしろミミが出ている方がクール』という、逆のブームの真っ最中だった。

その流行に火をつけたのが、「中和剤」の登場だった。脂肪の燃焼を促進するサプリメントにあるモノを加えると、抑制薬の効能を一時的に中和する作用が認められたのだ。無認可の中和剤が出回るようになるまで、そう時間はかからなかった。

中和剤を服用すると欲求不満の有無にかかわらず、服用から数時間で発症し、ミミが出るようになる。一度の中和剤で耳が変化するのは一回きり。効能は数時間なので、放っておけば勝手に消えるのだが、温人はもちろんそんなことは知らない。

『これ、ハルちゃんにどうぞ』

そう言って中和剤を温人の家に置いてきたのは、昨日の夕方のことだ。

温人の帰りが生徒会で遅いのを見計らって顔を出したのは、ちょっとケンカ中だからだと温人の母親には言い訳しておいた。だから自分が来たことも、これが自分からの贈り物だということも温人には黙ってて欲しい、と。

『筋肉がつきやすくなるサプリメントらしいですよ。ハルちゃん、細いの気に病んでるからいいかなって思って』

体格で越されたの気にしてそうだから、俺からってことはくれぐれも内密に――。最後にそう念を押してきたので、出所が自分だとすぐにバレることはないだろう。

(やっぱり飲んだんだね、ハルちゃん)

プロテイン系のサプリメントをひそかに愛用している温人のことだ、この薬も試すに違いないと踏んでいた。そして律儀な温人のことだから、二日に一回、朝食前に摂るという用法もきちんと守ることだろう。これから　二日に一度、ミミを出す温人を救い慰めるのは自分しかいないという算段だ。

「……本当はこんなコト、したくなかったんだけどね」

すべてはハルちゃんが悪いんだよ、と胸のうちだけで告げる。

(俺から逃げようなんてするから)

ある日を境に、温人は急に自分を避けるようになった。生徒会での活動を理由に登下校の時間をずらし、校内でも顔を合わせる回数が目に見えて減っていった。

たまに下校が一緒になることも、マンションや校内で偶然に出くわすこともあったけれど、温人の態度自体に大きな変化は見られなかった。けれど。

何らかの理由で、温人が距離を取ろうとしているのは明白だった。

誰が、何を吹き込んだのか――。

それも真葵には明白だった。自分といる時間が減った分、あの男とすごしているのかと思ったら臓腑が煮えくり返るような心地を味わった。

そんなときに思い出したのが、中和剤の存在だった。――表向きは聞き分けのいい幼馴染みを演じながら、真葵は虎視眈々とこれを使える機会を窺った。峯岸のいない今日は、お誂え向きの決行日だったわけだ。

自分がどんなふうに振る舞えば、望む反応を温人がくれるか、昔から真葵は熟知している。気落ちしたように目を伏せ、弱々しい態度を見せるのもすべて計算。だから、どんな事態に追い込めば温人が再び戻ってくるかも真葵にとっては簡単な課題だった。

(戻るしかないよう、仕向ければいいだけ)

　計算どおりこうして戻ってきた体を背に負う自分は、さながら獲物を手に入れ、狩りから帰るオオカミのようだ。

「ハルちゃんは俺だけのモノだよ」

　いまだ意識のない温人に小声でそう呼びかけながら、真葵は満足げに家路をたどった。

5

(きっとアレは何かの弾み――)

もしくは、ただの偶然に違いない。

そう信じたかった耳の変化が頻繁になって、すでに二週間がすぎていた。ミミが出るたびに真葵を呼び、収めるための行為に耽る日々はまるで以前とは逆の状況だった。

『ハルちゃん、そんなに欲求不満なの？』

そうクスリと笑われると羞恥で死にたくなるのだが、いまのところほかに取れる方法も対策もない。

(こんなんじゃ前より悪いや……)

真葵に悪影響を及ぼしたくなくて離れようとしたのに、これでは本末転倒だった。

せめてそれ以外ではなるべく顔を合わせないようにと思っているのだが、二日に一度、真葵を求めてどろどろのセックスに溺れてしまうのだから、その甲斐があるとはあまり思えない。真葵自身は彼女ができたことで安定したのか、ミミを出さなくなっていたというのに自分がこれでは――。

「サイアク」

昼休みに入り人の減った教室で、温人は机に突っ伏しながら頭を抱えていた。目を瞑ると、昨日の情事が瞼の裏に蘇って、

「〜〜〜〜〜……っ」

声にならない悲鳴が漏れてしまう。

以前の行為でも主導権を握っているのはわりと真葵の方ではあったが、温人がミミを出すようになってからは完全に真葵がイニシアティブを取っていた。

どこでそんなことを覚えたのかと詰問したくなるようなことを平気で言い、こなし、さらりと強いる真葵の手際に、温人は翻弄されるばかりだった。自分が恋愛方面において奥手なのもあるだろうが、真葵の経験値も平均レベルとはかけ離れている気がしてならない。

(誰相手にあんなことシたんだよ)

そういったことのひとつひとつにいまでも呆れるくらい胸が痛むのだけれど、いまはそれよりも重要な悩みが頭を占めていた。

「こんなんじゃ婿にいけない……」

いまは何もない側頭部を掻き毟りながら顔を上げたところで、「どうしたよ」と通路に立っていた峯岸と目が合った。

「嫁でよけりゃ、俺がもらってやるぞ？」

「……峯岸家なら玉の輿だね」

「おっと、金目あてはノーサンキュー」

軽口を叩きながら、峯岸が自分の席に腰を下ろす。向き合うように温人も逆向きに座り直すと、椅子の背にちょこんと両手を揃えた。それから溜めていた息をふう、と逃がす。

「また何か悩んでんだろ」

「わかる……？」

「っていうか、今回は一目瞭然」

ジャン負けで買い出しにいっていた峯岸からクロワッサンの包みを受け取りながら、温人はがくりと頭を垂れた。

「だよな」

「見ててオモシレーけど、それ以上追い込まれる前にちゃんと吐き出しとけよ？」

「んー……」

とは言うものの、親友に洗いざらい話す気にはとてもなれなかった。峯岸のことだ、きっと真剣に相談に乗ってくれるだろうが、明け透けに白状するにはどちらの事情もあまりに恥ずかしすぎた。

ミミが出ていることも、真葵と肉体関係を深めてしまっていることも――。

「で？」

顔を上げると、すっかり話を聞く体でこちらに向き直っている峯岸と目が合う。

「えーと……」

ひとまず口を開くも、その後の言葉が続かず苦労していると、「バーカ！」と峯岸に軽く額を小突かれた。

「べつに、無理に話せとは言ってねーよ。俺で役に立てそうなことがあればと思っただけだ。あとはまあ、単純に下心ってやつ？」

「あー、下心ね。はいはい」

「そーそ。おまえに好かれたい一心なわけ」

「あ、そ」

すでにネタ化した風情で、峯岸は日常的にそんなことを口にする。

（まったく……）

自虐的なわけでもなく自然に口にするので、温人もいつの間にかそのテのフレーズに耳慣れてしまっていた。

峯岸曰く、告白をなかったことにするのではなく、あったうえで以前と変わらぬ関係を保つための知恵——ということらしく、ご丁寧にそんなネタばらしまでされてしまってはもう笑うしかなかった。

おかげで必要以上に峯岸を意識することなく、平穏な日常をあれからもすごしている。

こんな事態になったいま、峯岸がそのままのポジションで隣にいてくれるのは、本当に何よりありがたかった。

「ちなみにさっきの話だけど、前言撤回。俺はべつに玉の輿目あてでも構わねーよ」

続けてそんなことを言う峯岸に苦笑してから、温人はちぎったクロワッサンを口元に運んだ。

「カイトも将来、医者になる気なの？」

「や、いまは弁護士志望。――家族にゃ、医者になれっていまだに言われるけどな」

一族郎党軒並み医者という家系に生まれるのは、いろいろと苦労が伴うのだろう。

威圧的な家風に反発して、峯岸は中学まではまったく毛色の違う将来を目指していたらしい。思わぬ才能もあったので、サッカーで食べていくという道もけっして夢物語ではなかったらしいのだが、予期せぬ怪我に見舞われたせいで、峯岸も未来の目的地変更を余儀なくされたのだと聞いている――互いの境遇が似ていたというのも、打ち解けるスピードが速かった一因かもしれない。

同年代に比べて峯岸が大人びた落ち着きを持っているのは、そういった家柄や経歴なども影響しているのだろう。

峯岸は人との距離の取り方が上手い。聞いて欲しいと思っていることを察するのも、その逆の場合も絶妙に空気を読んでくれる。

無用な詮索はせずにあくまでも本人の意思を尊重しようとするその姿勢は、長年自分の意思を尊重されずに育った経験が反面教師になっているのかもしれない。

口を開きやすい環境を作ったまま、様子を見てくれている峯岸に、温人は話の流れに乗ったふりで言葉を続けることにした。

「――ところで、カイトの親戚に耳鼻科《じびか》の先生っている？」

「叔父が近所で医院やってるけど」

峯岸の答えに、温人は少しだけ鼓動が速まるのを感じた。

「実は知り合いの話なんだけど、思春期になってミミが出るようになったらしくて」

「って、抑制薬飲まなかったパターン？」

「わかんないけど、そういう場合ってやっぱり医者にいった方がいいよな？」

思春期のミミについては詳しくないものの、肯定を予想して口にした問いに、峯岸は難しい顔で首を傾げてみせた。

「体が育っちまうと、抑制薬効かねーしな。それにそういう場合、第二次性徴期すぎればまた出なくなるらしいぜ」

「そう、なの？」

「ああ。いちおう一時的に効く薬はあるらしいけど、あんま体にはよくないって話。だから薬出すってより、メンタル面のケアが重視されるんじゃなかったかな」

「そうなんだ」

意外な情報を脳内のメモに書きつけつつ、はたしてそれが自分にも適用されるのか、思わず考え込んでしまう。もしかして薬を飲まなかったのではないかとも疑ったのだが、母親に確認したところ、母子手帳のようなものを見せられた。そこにはきちんと、服用したことを示す記述があった。ならばどうして抑制薬を飲んだにもかかわらず、ミミが出るのか――。

クロワッサンを牛乳で押し流しながら、しばしの間思索に耽っていると、峯岸がそういえば……と思い出したように口を開いた。

「聞いた話だと、抑制薬を飲んだ成人に一時的にミミが出るって症状が、最近増えてるらしいぜ」

「え？」

「原因については聞いてないけどな」

成人という部分以外は自分のパターンにあて嵌まるケースに、温人は即座に食いつきそうになった自分を慌てて律した。

ここであまり根掘り葉掘り訊いては不審を招く。至って平静な態度を心がけながら、「そんなこともあるんだね」と、温人は無難な相槌を選んだ。

「それ一時的ってことは、しょっちゅう出るわけじゃないんだ？」

「らしいぜ。なんかホルモンの働きがどうのとか言ってたけど……詳しく知りたきゃ叔父を紹介してやろうか」

「マジでっ？」

（あ、失敗した……）

思わず机に乗り出してしまい、取り繕うように座り直してみるも、峯岸にはバレバレだったろう。

「よけりゃ明日にでもいってみろよ。叔父には連絡入れとくから」

「……ありがと」

自分が何に悩んでいるか、半分暴露してしまったようなものだが、峯岸はそれについては触れず、

「ところで期末だけどさ」とすぐに話の向きを変えてくれた。しかし、その後の話題がほとんど温人

の耳に入らなかったのは言うまでもない。

（ミミさえ出なければ）

すべて元どおりになれるのだ。

真葵の手を煩わせることも、彼女との時間を邪魔することもない。彼女はどうしてるのかという問いに、真葵は「ハルちゃんは気にしなくていいよ」と返すのだが。

（そんなの無理だし）

いくら理由があるとはいえ、恋人が自分以外の誰かと頻繁に体を重ねているなんて状況、自分だったら耐えられないと思う。

言わずにいればバレないと真葵は思っているのかもしれないが、温人の体質が変わらない以上、こんな状況がいつまで続くとも知れないのだ。

『ほかならぬハルちゃんの頼みだから』

そう真葵は笑うけれど、真葵の頭に断るという選択肢がないことに自分は甘えているにすぎない。

ほかに方法も思いつかなくて今日までずるずると関係を続けてしまったけれど、そちら方面で光明を見い出せれば、真葵を束縛する理由もなくなるわけで……。

折しも明日はミミが出る日だ。規則正しく二日に一度のペースで変化しているので、きっと明日の土曜もまた、あのウサギ耳が出現するに違いない。

（——よし！）

明日、ミミが出た状態で来院してみようと決意する。医学的見地からの治療が見込めるのなら、恥ずかしがっている場合ではない。

真葵のためにも、自分のためにも——。

その日も時間をずらして下校しながら、温人は帰り道で明日の算段を練った。

休日にミミが出たときは真葵に部屋まできてもらうことが多いのだが、こちらから連絡を入れない限り、真葵から出向いてくることはない。きっと必要以上に心配するだろうから、病院にいくことを話す気はなかった。

峯岸に聞いた限りでは、彼の叔父が経営する医院はミミウイルス関係に強いらしい。きっと自分の症状についても何かしらわかるはずだ。真葵にはせめて多少なりとも原因がわかってから、打ち明けたいと思う。

(できれば特効薬とかあればいいなぁ)

マンションについて、いつものように一階のエントランスからエレベーターに乗り、目的階のボタンを押したところで、カツカツと小走りのヒールがケージ内に駆け込んでくる。

「何階ですか」

反射的にそう呼びかけながら視線を向けたところで、互いに「あ」と声が漏れた。

「やだ、ハルくん。久しぶりねぇ」

「オバさん……」

「ちょっと。名前で呼んでっていつも言ってるでしょ？」

即座に突っ込まれて慌てて言い直すと、有美《ゆみ》がにっこりと満面の笑みを見せた。

「制服の子に名前で呼ばれるとか、ちょっとドキドキしちゃうわね」

自分で強制しておきながらそんなことを言う有美に苦笑してから、温人は扉を閉じた。

「有美さんもお変わりなく」

「そう。変わりなく忙しい日々なのよね」

聞けばこんなに早く帰れたのは二週間ぶりなのだという。以前から午前様の帰宅がめずらしくなかった夫妻に代わり、下校後の真葵の世話は柘植家が――というのが昔は習わしになっていたのだが、向こうにいる間に自炊を覚えたらしく、最近は真葵がやってくることも滅多になくなっていた。

「あの子、相変わらずハルくんにべったりみたいね。鬱陶しかったら捨てていいのよ？」

真顔で忠言する有美にまた苦笑しかけてから、温人は少しだけ表情を取り繕った。

「いやいや、可愛い弟分だから」

努めて笑みを深めたところで、壁にもたれかかっていた有美が、ハア……と大きく溜め息をつく。

「あの子の地球はハルくん中心に回ってるのよね。向こうに越してからもしばらくは、毎日のように泣き暮らしてたのよ？　言うなって言われてたけど、もうバラしちゃう」

「え？」

「ハルくんに会えないなら生きてたくないとか、かなりごねてたわ。その情けない有様言いつけるわよって言ったら『ハルちゃんにがっかりされたら死んじゃう』って。急に頑張りはじめちゃって」

まったく呆れちゃうわよね、と笑いながらおもむろにポンと肩を叩かれた。

「ハルくんには本当に感謝してるのよ。もちろん柘植家の方々には、いろんな意味で頭が上がらないんだけどね」

「俺？」

「真葵って、昔から寂しいとか言わない子だったんだけど、ハルくんに会ってからよく笑うようになったのよ。本当は私たちがそばにいてあげないといけなかったんだけどね。でもハルくんがいてくれたおかげで、あの子は真っ直ぐ育ったわ」

「そう、なのかな……」

「ま、おかげでずいぶん甘えたになっちゃったけど、どうかこれからも、あの子をよろしくね」

そう言って、また肩を叩かれる。

「なんなら、嫁にもらってくれてもいいのよ。ひととおりの家事は仕込んどいたから」

「……それ、花嫁修業のつもりだったの？」

「いい嫁になると思うわよー」

照れ隠しのような軽口に「考えときます」と表面上は笑って返しながら、温人は胸の片隅が重くなるのを感じていた。

目的の十二階で扉が開く。レディファーストで有美を先に送り出してから、温人はコンビニに用があるのを思い出したふりで、有美に挨拶してからもう一度下まで降りた。

(彼女のこと、言ってないのかな)

有美の多忙ぶりを思えばそんな話をする時間がなかっただけかもしれないが、有美が期待する役割はもう自分のものではないのだ。それが思っていた以上に悲しくて、少しだけエントランスで涙ぐんでから、温人はペチンと頬を叩いた。

「すべてはあいつのため」

そう小声で言い聞かせてから、決意を新たに家に戻る。

——翌日。温人はミミが出るのを待って、身支度を整えた。その日の体調にもよるのか、ミミが出る時間はまちまちだったが、だいたいは午前中に変化する。真葵のミミと違い、自分のミミは多少かさばるのだが、パーカーのフードを深めに被れば、どうにか隠せそうだった。

パッと見ちょっと怪しい風体ではあるが、ウサギ耳を衆目に晒すよりはマシだ。それでも近所の住人に見咎《みとが》められるのは得策ではないので、玄関からエレベーターまでダッシュで移動しようと思っていたのだが……。

「どこいくの、ハルちゃん」

玄関の扉を開けた時点で、まるで待ち伏せでもしていたかのように通路の壁に背をもたれさせていた真葵と目が合った。

「マ、キ……」

「そんなもの被ってるってことは、ミミが出てるんじゃないの」

なぜか不機嫌そうなオーラを背負いながら、真葵が手にしていた携帯に目を落とす。

「連絡がないから心配になって来てみたら、まさかそんな恰好で外出する気じゃないよね？」

「え、あ」

「それとも俺の家に来る気だった？」

「違……っ」

咄嗟に否定してしまってから慌てて口を押さえるも、その挙動がさらにまずかったことに一瞬後に気づく。真葵の眼差しは鋭くなる一方だった。

「……ふうん、そう」

眇めた視線でこちらの輪郭をなぞっていた真葵が、おもむろにふっと口元を緩めた。

「どこにいくのか、あててみようか。峯岸さんのところでしょう？」

「――……っ」

正解ではないものの、近いところを指されて思わず言葉に詰まる。途端、真葵の発していた冴えた空気が、奇妙な威圧感を増したような気がした。

「やっぱり、ね」

ポケットに携帯を落とした真葵が、重く息をつきながら通路の壁から背を離す。

「そんな気はしてたよ、ずっとね」

玄関のドアを背に固まっている温人に、真葵が優雅なスライドで一歩、二歩と近づいてくる。その歩みを上目遣いに見守りながら、温人は一瞬だけエレベーターホールに視線を配った。

その直後に――。

「逃がさないよ」

ダンッ、と顔の両サイドでドアが鳴る。

「真葵……？」

温人を閉じ込めるように扉に両手をついた真葵が、背を屈めてフードの端に白い歯を立てた。そのまま器用に引っ張られて、フードの裾から片耳だけが露出してしまう。

「こんな恥ずかしい恰好で外に出ちゃうなんて、正気を疑うね」

吐息交じりに囁かれて、カッと頬が熱くなった。羞恥というよりも、真葵の言いように反発を覚えての反応だったが、反論を言う前に真葵の指がそっと唇に宛がわれる。

「これを見せてどうする気なの？　俺の代わりにあの人に処理してもらうわけ？」

（あ……）

真葵が、どうやら勘違いをしていることに気づいたのはそのときだった。峯岸に告白されたことは知らないはずだが、真葵は自分と峯岸との関係を疑っているらしい。

だったら、それに乗ってみるのもテかもしれない。峯岸の気持ちを思うと少々罪悪感も湧いてくるのだが、この場を凌ぐにはそれがいちばんの方法に思えた。

「――そうだよ」

顔を背けて口を開くと、真葵が息を呑む気配が伝わってきた。

「これからはカイトを頼るから」

だから、もうおまえを煩わせなくて済むんだよ、とそうあとに続けたかったのだが、

「ん……っ」

それは真葵の唇に阻まれた。

キスとは程遠い、ただ口を塞ぐための手段として無理やりに唇を重ねられる。

真葵とは何度となく体を重ねてきたけれど、唇を合わせるのはこれが初めてだった――。

「う、ン……っふ」

わずかな隙間から侵入してきた舌が、獰猛《どうもう》な動きで口内を弄ってくる。

(な、なんで……っ)

こんな形でファーストキスを奪われている事実に慌てて抵抗するも、真葵の手に両手をつかまれてドアに固定される。

「……っ、んっ」

どれだけ身じろいでも、真葵の手はビクともしなかった。

正直、これほど腕力に差があるとは思っていなかった。冷たいスチールに体を押しつけられながらのキスは、温人の体から完全に力が抜けるまで続いた。

「っ、は……ぁっ」

荒くなった息で辺りを白く滲ませながら、肩を上下させる。解放された唇の端からたらり……と唾液を溢れさせると、真葵が獣のような仕草でそれを舐め取った。

「——全部、ハルちゃんが悪いんだよ」

間近で合わせた瞳が、暗い光を湛えてこちらを見据えてくる。

「何、言って……」

「俺をこうさせたのはハルちゃんだからね」

「……ッ」

反問する間もなく鳩尾に衝撃を受けて、温人はあえなく意識を失っていた。

6

（あ、れ……？）

両手首を、紐状のもので括られて頭上へと引っ張られる。どこか判然としない意識のままその動きに抗うと、耳元で聞き慣れた声が聞こえた。

「暴れないで、ハルちゃん」

呼びかけに、はっと我に返る。

目を開けると、真葵がシーツに膝をつくところだった。体重分だけ沈んだベッドが、キシ……と小さく音を立てる。

「ここ、は」

「俺の部屋だよ」

逆光で表情の見えない真葵の背後に、確かに見慣れた景色が見えた。正面の壁にかけられた時計は、十三時すぎを示している。家を出ようとしたのが十時前なので、あれから三時間以上が経過しているらしい。

横たわる自分の両腕を、ベッドヘッドのパイプへと手早く固定される。

「……何してんだよ」

「何って、監禁？　ハルちゃんがもう、どこにも逃げられないようにね」

そんなことをさらりと口にしながら、真葵が淡々と次の動作に移る。

「真葵？」

「上はこのままでいいよね」

着込んでいたジャンパーもパーカーもいつの間にか脱がされ、上は薄手のカットソーを残すのみだった。温人の下肢に及んだ手が、ベルトを外してジーンズのジッパーを下ろしはじめる。

「なっ」

「下は全部脱がしてあげる」

脱がされまいと暴れようとしたところで、真葵の手がシャツの上から胸の尖りに爪を立ててきた。

「ア……っ」

たったそれだけの刺激だというのに、少しだけ出たのが感触でわかった。じわっと濡れた感触が下着の中に広がっていく。

「いつもの倍使ったから、今日のハルちゃんは胸だけでもイけると思うよ」

「な、何の話……あ、アぁ……っ」

「摘んで、擦るだけでもイイでしょ？」

両の尖りを捉えた指先が、硬くなったソコを無慈悲に弄り回す。

「ひ、ィ……っぁ」

真葵の言葉どおり、そのまま続けられたら達してしまいそうなほどの快感がびりびりと全身を駆け抜けていった。

「そろそろ下、脱ぎたくなったかな」

触れられていない下肢の狭間が服の中で痛いほど張り詰めているのは、真葵の視点から見た方がより顕著だろう。

「このままイッたらきついと思うよ、痛そうだし。それとも、そういうのが好き？」

必死に首を振ることで否定すると、真葵がようやく胸の刺激を止めてくれた。やりかけだった作業に戻り、温人の脚から抜いたジーンズをベッドの下に落とす。

「あーあ、シミができちゃってるね」

濡れて色の変わった布地をそろりと撫でられて、温人は鼻にかかった悲鳴を上げた。

「すごい、どんどん広がってく。ハルちゃんって先っぽ、弱いよね」

特にココが、と言われながら裏筋をたどられて、びくびくと腰が戦慄いてしまう。

「あっ、ァ……ッ」

もどかしい刺激だというのに、屹立はすでに射精寸前の状態にあった。もうあと何擦りかでイけるというところで、真葵の指が糸を引きながら離れていく。

「どうせなら、ミミが出てからイこうね」

「え？　あ……ぁァアっ」

その言葉を待っていたように、耳元が急に熱くなった。

いまさらのように、それまではミミがなかったことに思い至る。

(な、んで……っ)

一度は生えたミミがなぜ消えていたのか、それがまたどうしていま生えてくるのか。

「あ……ァ……っ」

何もわからないまま、温人は衝動に身を任せていた。いつもより熱く、痒いような感覚が耳元に溜まっていき、やがて一気に爆発するような錯覚に見舞われる。

「じゃあ、イかせてあげるね」

直後に真葵の指が動いた。

裏筋にカリカリと爪を立てられて、温人は堪えきれずに嬌声を上げていた。

「アァああ……ッ」

ボクサーパンツの中で跳ね回る屹立が、ドロドロと熱い精液を吐き出す。狭い隙間で勢いを殺された白濁が、みるみるシミを大きくしていった。

「——可愛い、ハルちゃん」

射精が終わったところで無遠慮にミミをこねくり回されて、またぞろ快感が突き上げてくる。

「ひ……っ、ぃ……っ」

前後に腰を引き攣らせながら、温人は残っていた残滓《ざんし》をボクサーパンツの隙間からトロリと溢れさせた。腹部に零れたそれが、いやらしい光沢を帯びて目に映る。

(なんで、こんな……)

整わない呼吸で胸を喘がせるたびに、視界の端でふわふわとファーが揺れていた。

「……どういうつもりなんだよ」

体はまだまだ火照っているものの、一度達したからか、さっきよりは平常に近い思考が働きはじめる。傍らで膝をつきながら覗き込んでいる真葵に、温人は視線を尖らせた。

自分を気絶させて、こんなふうに繋ごうとしている真葵の考えを読もうとするも、真葵の表情は相変わらずよく見えない。ふっと小さな吐息が聞こえて、真葵が笑った気配を感じた。

「さっきも言ったでしょ？　これは全部、ハルちゃんのせいだよって」

「な、なんで俺が……」

「だって俺より、あの人を取るんでしょう？　そんなの許せるわけないじゃない」

ハルちゃんの相手は俺だけだよ——。

そう囁きながらカットソーの裾をはだけさせた真葵が、露になった素肌に唇を落とす。その感触に腰を震わせると、クス……と肌に吐息が触れた。

「ハルちゃんに触れていいのは俺だけ——。ほかの誰かになんて触らせないよ」

そのまま舌を這わされて、温人はきつく奥歯を噛み締めた。そうでもしなければ、いまにも甘い声が零れそうだった。

ミミが出ると感じやすくなる体が、いまはケタ違いに過敏になっているようだ。

「何、言ってんだよ……っ」

「ハルちゃんは俺のモノって話だよ。昔からそうだし、これからもずっとね」

（真葵……？）

わけのわからないことを言いながら、真葵がカットソーの隙間に掌を差し入れてくる。熱く、湿った表面に肌を撫で回されて、温人は思わず腰をひねっていた。

「薬いっぱい使ったからつらいよね。でもミミが消えちゃったから、仕方なく追加したんだよ」

「え……」

「だって、ミミが出てないとハルちゃん触らせてくれないでしょう？　俺のミミにはもう協力してくれる気ないみたいだし、ね」

その言葉から察するに、何度かＳＯＳを見殺しにした件で憤っているのかと思うも、怒っているのかという問いに、真葵は緩く首を振ってみせた。

「怒ってないよ。むしろいまの方が好都合だし、ハルちゃんも気持ちいいでしょ？」

顔を上げた真葵が、おもむろにミミに手を伸ばしてくる。

「……ッ」

刺激を恐れて身を竦めると、途中下車させた手で真葵が温人の頬を優しく撫でた。

「可愛い。泣くほどヨかったんだ」

濡れた頬をなぞり、たっぷりと湿らせた指で今度は唇をなぞられる。

「でも、ハルちゃんが構ってくれるんなら、いつだってミミ出すけどね」

(え――?)

間近に近づいてきた唇が、艶然と微笑んでみせた。

その直後に、真葵のミミがするすると形を変えていく。

「本当はね、こんなふうにいつでも出したり消したりできるんだよ」

「な……っ」

「あっちで初めてミミが出たって、前にも言ったよね。――最初は俺も驚いたんだけど、知人がくれた抑制薬っぽいモノを飲んだら、自在に操れるようになったんだ」

本来の効能じゃなくて副作用みたいなものらしいけど、重宝してるよ、と真葵が今度は無邪気な笑みで鼻にシワをよせた。

「おかげで、ハルちゃんを手に入れられた」

「――――」

言葉を失くした温人に、真葵がなおもニッコリと笑いかける。

「騙《だま》してごめんね? でも、どうしてもハルちゃんを取られたくなかったんだ」

「誰、に……」

「決まってるじゃない」

あの人だよ、と吐き捨てる真葵の表情がにわかに剣呑になった。

「あの人ができる人間なのは俺も認めるよ。でも俺のどこがあの人に負けてるの？　何が足りない？　あの人の持つ何が、ハルちゃんの気持ちを揺さぶったの？」

真剣な面持ちで問い詰められて、即座には返答できずにいると、真葵がふいに表情を緩めた。唇に押しあてられていた指が、唇の隙間をゆっくりと撫でてくる。

「――ごめん、言わなくていいよ。聞いても仕方ないし、俺はハルちゃんさえそばにいてくればそれでいいんだ」

表情を翳らせながらの弱々しい笑みに、温人は瞬きも忘れしばし見入った。

温人を監禁しようだとか、峯岸よりも自分を取って欲しいだとか、これは子供じみた独占欲の延線上にある行為なのだろうか。それにしてはあまりに必死で、手が込んでいる。

（ＳＯＳが全部フェイクだったなんて）

思わぬ告白に言葉もなかった。この半年間、自分は真葵の何を見ていたのだろう？

聡明なはずの真葵にそうまでさせる感情が、はたして何なのか。それがたとえ依存心の結果だったとしても、執着してくれるのが嬉しいなんて、少しでも思ってしまう自分が我ながら情けなかった。

（だって、真葵には彼女がいるのに）

自身の中の迷いを断ち切るように、温人はわざと硬い声音を選び、眼差しを研いだ。

「そんなんで彼女はどうするんだよ」

シーツに片膝をつきながら、こちらを見下ろしている真葵に冷めた視線を投げかける。

彼女への恋慕より幼馴染みへの執着が勝っているなんて、もしそう錯覚しているのなら、いますぐにでも認識を改めてもらう必要があった。自分のためにも、彼女のためにも。

そして、誰よりも。

(——真葵自身のために)

温人の静かな糾弾を俯きがちに聞いていた真葵が、おもむろに顔を上げる。

「まだそんなこと言ってるの、ハルちゃん」

「え?」

さらりと流れた前髪の隙間から、涼しげで甘い瞳が覗いた。

口元には、淡い笑みが浮かべられている。

「俺、好きな人がいるとは言ったけど、彼女ができたなんてひとことも言ってないよ」

ギシ……とベッドを鳴らしながら、真葵が温人の上に覆い被さってくる。温人を跨ぐようにして顔の両脇に手をついた真葵が、両耳の突端をピンと尖らせた。

「勝手にそう思い込んだのは、ハルちゃんでしょ。勝手に安心して、俺を突き放した」

ペロリと舌なめずりをしながら見下ろされて、温人は気づいたら声を震わせていた。

「……じゃあ、好きな人ってのは」

「いつも言ってるでしょ。俺が好きなのはいまも昔も、ハルちゃんだけだよ」

あと何回言えば信じてくれるの？　そう囁きながら降りてきた唇が首筋に触れてくる。

「……ッ」

ゆっくりと歯を立てられて、温人は声もなく喉を仰け反らせた。じわじわと喰い込んでくる犬歯の痛みが、耐えがたい快感の予兆へとすぐにすり替わる。

「ぁ、……アっ」

噛みつかれながら素肌を舐められて、それだけでびくびくと腰が震えた。電流が走るように背筋を快感が駆け抜けていく。

「やっ、ぁあ……」

まるで獲物を仕留めたオオカミのように、真葵は執拗に温人の首筋ばかりを狙った。きつく弱く、甘噛みと舌の愛撫をくり返されて、息をつく間もない快感の波に晒される。

「アァ、あ……ッ」

また触れられてもいない下肢が張り詰める。ただ噛みつかれているだけだというのに、温人はあっという間に下着を濡らしていた。

「これだけでイッちゃうなんて」

ハルちゃんってMなの？　と間近で囁かれて、その吐息にまた首筋が震える。

「可愛い、ハルちゃん……」

射精の余韻でぴくぴくと揺れる腰にはノータッチのまま、力なくシーツに垂れていたミミに真葵の手が伸びた。

「や……っ」

「大丈夫。今日のハルちゃんは何回でもイけるから。――ねえ、俺がどれだけハルちゃんを好きか、思い知ってよ」

無造作につかんだミミを口元に添えると、真葵は見せつけるように熱い舌を這わせた。

「ひっ、ゃ……っ」

内側の薄い皮膚を、ねろねろと舌先で嬲られる。無数の神経を一気に掻き乱されるような衝撃が、耳元から下半身までダイレクトに走った。

「ヤ……っ、やだ……ッ」

イッたばかりの屹立が、痺れるほどの快感を受けてまた先端を蕩かせる。

無駄と知りつつも縛められた腕を引いて暴れると、抵抗を咎めるように、真葵がミミの突端をぱくりと口に含んだ。

「あ……、ぁ、ン……っ」

ミミの輪郭を舌でたどりながら、毛皮が湿るほどに大量の唾液を絡めては、じゅるじゅると音を立てて吸われる。

「あっ、く……っぅ」

それだけでも腹筋が引き攣れるほどの快感に見舞われて、温人は野放しの脚をばたつかせて必死の抵抗を試みた。

それを見つめる真葵の目が、暗く怪しい光を帯びる。まるで窮地に追い込んだ獲物の様子を、ひたすら楽しむ捕食者のように。

カリ、と歯を立てられた瞬間――。

「――ッ、……っあぁ」

温人は全身を震わせながら、絶頂に達していた。

ミミと性器の感覚が直結してしまったかのように、達する間も甘噛みと吸引を何度もくり返されて、目の前が白むほどの快感を休みなく与えられる。

「ひ……っ、ぃ……あ……っ」

三度目だというのに長い快感に苛まれて、ようやく絶頂の波を越えたときには、温人はぐったりと全身の力を失っていた。

「触らないのに三回もイッちゃったね」

強すぎる快感の余韻で、時おりぴくぴくと指先や腹筋が揺れる。その様子が瀕死の獲物そのものに見えることを温人は知らない。そしてその光景を前に、

「もっと、気持ちよくしてあげるからね」

オオカミが次なる仕打ちに移るべく、舌なめずりをしていることも――。

(マ、キ……)

快感で白んだままの視界に何も映せずにいると、ゆっくりと腰を浮かされて下着を脱がされた。三回分もの精液をたっぷりと吸って重みのあるそれが、床に放られる音がやけに大きく、はっきりと聞こえた。

自分の息遣いに重なる、真葵の呼吸音も明瞭《めいりょう》に聞き分けられる。昂奮を表すように速いそれが、一度遠退いてまた戻ってきた。

「二度目の薬は下から入れたんだよ。そのときに解したから、大丈夫だとは思うんだけど……」

腰の下に枕を宛がわれて、火照った両手に膝をすくわれながら両脚を開かされる。

自らが溢れさせた淫液でふやけたようになっている窄まりに、ローションをまとった指がいきなり二本も埋め込まれた。

「ん……、ぁ……」

中の伸縮性を確かめるように、内壁のあちこちを指先で探られる。

その指戯がまるで耳元で行われているかのように、くちゅくちゅという濡れた音がひっきりなしに鼓膜を犯していた。

(あ……気持ち、いい……)

いやらしい水音の洪水に、しばし意識が耽溺《たんでき》する。感じやすい体を柔らかく揺すられて、温人は素直に嬌声を上げていた。

「あっ、ぁ、んっ、あ……っ」

気づけば熱い楔《くさび》に穿《うが》たれていたソコを、ゆるゆるとした律動で突き上げられる。

すでに三度も達している温人の屹立を真葵の掌が労わるように包んだ。布越しではない今日初めての刺激に、温人の唇から歓喜の溜め息が漏れた。

萎えることを知らないかのように漲りを取り戻していく温人の分身を、真葵が優しく撫でさすりながら丹念に可愛がる。

「――……っ、ぁ」

温人が四度目の絶頂でその手を濡らす頃には、真葵も二度、中に放っていた。

「締めつけ、すごい……」

熱い粘液で充たされた狭い隙間を、硬い屹立がすぐにまた行き来しはじめる。

(あつ、い……)

ゴム越しの抽挿しか知らなかった内壁に生の迸りを執拗に擦り込まれて、温人の体は新たな快感に打ち震えていた。

「あ、や……イ、く……ぅっ」

肉同士が擦れ合い、硬くしこった前立腺を直接穿たれる悦楽に、弄られている先端からとろとろと粘液が溢れ出す。

「――――……ッ」

その反応と量に反比例して、享受している快感は腰が抜けそうなほど強烈だった。初めてのドライオーガズムに、恥も外聞もなくすすり泣きながら背筋をしならせる。

——そこからはもう何をされても、絶頂にしか繋がらなかった。

気づいたら腕の拘束は解かれ、あらゆる体位で貪られていた。酷なほどの極みで何度も意識を飛ばしながら、そのたびにまた快感で呼び戻されて、噎び泣く。

そのうち自分がどんな体勢でいるのかも、どっちが上で、どこが下なのかもわからなくなって、温人は判然としない意識のまま、訪れる絶頂をひたすら受け入れ続けた。


ミミがいつ消えたのかも、行為がいつ終わったのかもわからないまま、泥のように深く重い眠りから目覚める。

(あ……真葵の部屋、だ)

変わらぬ景色が目に入って、直後にここで何があったのかも思い出す。

「……っ」

慌てて起き上がろうとすると、左手首でカシャンと何かが鳴った。

見れば縛られた跡が色濃く残る手首に、今度は金属製の手錠が嵌められている。

もう片方の輪はパイプに引っかけられていた。

ここに監禁する——そう言っていた真葵の言葉を思い出す。その言葉が本気であることを示すように、手錠は本格仕様だった。そこらのディスカウントストアで手に入るような安価で脆い玩具とは違う、鍵がなければ到底外せないだろう代物だ。

　ふと足元の方で膝を抱えていた黒髪を見つけて、小さく呼びかけてみる。

「真葵？」

　温人に背を向けてベッドにもたれていた肩が、少しだけ身じろいでから大きく上下した。こちらを振り向こうとはしない。

「俺に、何か言うことは」

「…………………」

　自分が所業を少なからず悔いている気配が感じられたので、まずはそう促してみたのだが、何も言おうとしない背中を五秒だけ眺めてから、温人は戦法を変えることにした。

「とりあえず、シャワー浴びたいんだけど」

「……体なら拭いたよ」

「まだ、あちこちベタベタしてる」

　じゃあもう一度拭こうか、と立ち上がった真葵が部屋を出ていく。

　その間に、温人は周囲を見回して状況の把握に努めた。体を拭いたという真葵の言葉は嘘ではないのだろう。最後の方は互いにどろどろになっていたので、シーツの上も悲惨だったはずだ。シーツ自体は新しい物に替えられているが、掌を滑らせるとその下にはまだ湿った感触があった。その手触りに触発されるように、この上で耽った行為の数々が脳裏に蘇る。

「——……っ」

真葵のシャツに包まれた自身の体を片手できつく抱き締めながら、体のどこかにまだ潜んでいそうな欲情の名残《なごり》をやりすごす。

（そういえば、家に連絡……）

二十時を回った時計を振り仰いだところで、部屋の扉が開いた。

「——期末テストに向けて、泊まり込みで勉強教わってるって。ハルちゃん家と母さんにはそう言ってあるよ」

「有美さんは？」

「今日から職場に缶詰めだって。帰ってくるのは週半ばかな」

蒸しタオルを手にした真葵が、カーペットに膝をつく。俯きがちな視線をじっと探るも、前髪に隠れた表情は窺えない。

開いたシャツの内側を丹念に拭かれながら、温人は小さく息をついた。

「監禁なんて、本気で言ってる？」

「本気だよ、もちろん」

「この部屋に？　週明けからはなんて説明する気だよ。有美さんが帰ってきたら？」

「………」

現実味のない話だということは、真葵にもよくわかっているはずだ。監禁なんて状況、高校生の身分で容易く用意できるものではない。いくら小道具があったところで、繋いでおく環境がなければ意味がないのだから。

(だからこれは、きっと)

単に真葵の「意思」の表れなのだろう。

手首を引いて、ガシャンとベッドヘッドのパイプを鳴らす。

――こうして監禁したいほどの思いがどこからくるのか。温人にとっては、それが重要だった。自分がされたあんなコトや、いまもされているこんなコトを差し引いたとしても。

「おまえの好きって、どういう好き？」

問いかけに、真葵が初めて顔を上げた。

漆黒の瞳にいつもの艶はない。疲弊したように褪せた眼差しでこちらを見据えながら、真葵が「どういうって……」と返す。

「俺がどんなふうに好きかは、もう知ってるでしょ？　あんなふうにハルちゃんをぐちゃぐちゃにして、独り占めにして、こうして閉じ込めたいくらい好きなんだけど」

表情に自嘲を浮かべるでもなく、真葵が淡々とした口ぶりでさらに続ける。

「ハルちゃんさえいれば何もいらないんだ。俺の世界はハルちゃんでできてるから」

「……真葵」

「ハルちゃんがいなかったら、生きてる意味なんてないんだよ。――俺が、いつからそうなったのか、知りたい？」

温人の体に視線を落としながら、真葵が清拭《せいしき》を再開する。

丁寧に肌の表面を拭われながら、温人は小さく頷いてみせた。

「最初からだよ。会ったその日から今日までずっとね。ハルちゃんだけが、俺の生きるモチベーションなんだ」

「最初から……？」

そう言われて初めて会った日を思い出そうとするも、温人の記憶にはそのストックがない。真葵のいる日常があまりにあたり前になっていたので、それ以前の記憶はうすぼんやりとした霞のようなものでしかなかった。

幼少時のどんな日を思い出しても、隣にはいつも真葵がいる。

「ハルちゃんにとっては何でもない日だったと思うよ。でも俺にとっては、いまも記念日みたいなものでね」

真葵によれば、初めて会ったのは温人が五歳になったばかりの冬だったという。

まだ隣人になる前の話で、いつか互いの子を会わせたいわねと、常々話していた母親同士の願いがようやく実現した日でもあったらしい。

「よく覚えてるな、そんなこと」

「おかげさまで。頭も記憶力も、昔からいいんだよね。だからその頃にはもう、大人たちの俺を見る目が変わってたんだ」

真葵の「資質」を最初に見抜いたのは、通いはじめたばかりのピアノ教室の講師だったらしい。

――そもそもピアノを習いはじめたのも真葵の意思ではなく、多忙であまり一緒にいられない両親が「孤独な思いをしなくて済むように」と配慮した結果なのだというが、同じようにして通いはじめた英会話教室でもスイミングスクールでも、真葵は次々に類稀な才能を発揮していった。

「あの頃は、大人を喜ばせるのはいいことなんだと思ってたからね」

いつの間にか神童扱いを受けるようになり、同時に同年代の子供からは距離を置かれる存在になっていた、と真葵が遠い目で語る。

「でも実際、いいことなんて何もなかったよ。父さんも母さんも成果を出せば喜んでくれたけど、忙しすぎてそれだけだったし」

周りの大人たちが見ているのは『神童と呼び声の高い子供』であり、自分という個人ではないことに聡明な真葵はすぐに気づいてしまったらしい。

「誰に何を褒められても空しかったし、全部投げ出そうとしたこともあるよ。でも、そうすると必死になって続けさせようとする大人たちが四方から群がってきて……正直そっちの方が煩わしかったくらい」

齢四歳で、惰性に生きる人生を送らざるを得なくなった苦悩を誰がわかるだろう。両親のどちらかでも、真葵のそばにいつもいてくれれば、きっとそんなことにはならなかったに違いない。だが生活の半分を仕事に捧げていた二人の目に、真葵は聞き分けのいい子としか映らなかった。

「親の前ではそういう自分を演じてたよ」

「……なんで？」

「二人とも忙しそうだったし、仕事にやりがいを感じてるのも知ってたから」

けっして蔑《ないがし》ろにされていたわけではないので、何らかのサインを出していれば手を差し伸べてくれていたろうと想像もつく。でも。

「──邪魔したくなかったんだ」

親を案じて我慢する子供は、たぶん大人が想像するよりも多い。

気づけば温人は涙を零していた。

「どうして泣くの、ハルちゃん」

真葵が苦笑しながら、タオルで頰を拭いてくれる。

間近で見た真葵の瞳が、やがて柔らかな笑みに縁取られた。

「そんなふうに泣かないで。俺はハルちゃんに会って、救われたんだから」

「俺に……？」

涙声になってしまった反問に、真葵が小さく頷いてみせる。

「ハルちゃんの話だけは、前々から母さんに聞かされててね。でも、会うまではどうでもいいと思ってた。同年代の子供なんていつも遠巻きに見るだけだったし、馴染めるとも思えなかったから」

引き合わされたときも、適当な理由を作ってすぐに帰ろう、と心の中ではひそかに手立てを講じていたらしい。

そんな目論みを一瞬で霧散させたのが、温人のいきなりの挙動だったという。

「ハルちゃんね、会うなりいきなり抱きついてきたんだよ。俺のこと可愛い、って」

「え!?」

「そんなことほとんど言われたことなかったし、ましてや同年代とのスキンシップなんてまったく経験なかったからさ」

硬直した真葵をぎゅっと抱き締めてから、五歳の温人は「よろしくね」と満面を綻ばせたらしい。

「あー……言われてみれば、ソレちょっと覚えてるかも」

よくよく記憶を掘り返してみると、そんな場面が瞼をよぎらなくもなかった。

一つ年下の可愛い弟分、と母親には聞かされていたので、恐らくは会う前から「可愛い存在」として自分の中にインプットされていたのだろう。で、実際の真葵がまた可愛らしかったものだから、一気にテンションが上がってしまったに違いない。

「ハルちゃんって、昔から人見知りしないよね。それに人懐こくて、明るくて」

そこからは完全に温人のペースになってしまい、やれキャッチボールをしようだの、トランプをしようだの温人に振り回された挙句、遊び疲れてソファーで寝てしまうという、ひどく子供らしい体験を真葵は初めてするはめになったのだという。

「誰も見てくれなかった『俺』を、ハルちゃんだけが最初から見てくれたんだよ」

「俺だけが？」

「そう。『真葵は何が好きなの？』って、ハルちゃんは俺に訊いてくれたんだ」

何色が好き？　好きな食べ物は？　何をしてるときがいちばん楽しい――？

いままで誰にも興味を持たれなかったようなことばかりを訊きたがり、そのひとつひとつに関心を持ってくれる温人の挙動に、

「俺が、どれだけ救われたと思う？」

上辺ばかりを見て持て囃す大人たちと違い、初めて中身に関心を持ってくれた温人に出会えたからこそ、いまの自分がここに在るのだと真葵が双眸の輪郭を緩める。

「誰に何を褒められても嬉しくなかったけど、ハルちゃんがすごいねってひとこと言ってくれるだけで、何でもできる気がしたし、頑張れたんだよ。ハルちゃんの笑顔が見たくて、喜ばせたくて、それだけが俺のモチベーション。――俺の世界はそれだけでできてたんだ」

そう過去形で締めくくった真葵が、ふっと表情から華やいだ色を抜き取る。

（真葵……？）

すっかり冷めたタオルで脇腹を拭われて、温人はぞくりと肌を粟立たせた。

「あの頃みたいに純粋に好きでいられたら、こんなことにもならなかったのにね」

冷めた顔つきになった真葵が、視線を遠くしながら温人の素肌にタオルを滑らせる。

「——俺にとってハルちゃんが性的対象になったのは、精通よりも前だったよ。キレイで可愛いハルちゃんをどうにかしたいって衝動に駆られて、気づけばハルちゃんをそういう目で見てた」

「…………マジで？」

「もうこんなことまでしちゃったあとだから言うけど、イけるようになってからは毎晩、ハルちゃんで抜いてたよ。こっそり下着を盗んだこともあるし、寝てるハルちゃんに悪戯したことも」

「な……っ」

「そういう『好き』なんだよ、俺のは。ハルちゃんが俺のこと可愛がってくれるのを利用して、本当はずっと裏切ってたんだ。——中学に入れば、少しは意識も変わるかと思ってたけど、ぜんぜん変わらなかった。このままじゃいつかハルちゃんを汚してしまう、そう思ったから一度は離れる決意もしたよ。でも完全に逆効果だった」

離れていた二年でさらに思いが募り、そのせいで帰って早々にあんなことをしてしまったのだと、真葵が無表情のまま呟く。

「同類ってわかるんだよね。峯岸さんがハルちゃん狙いだって、すぐにピンときた」

せめて体だけでも自分のモノにしたい。してしまいたい——。

「ミミが生えた俺を、ハルちゃんは見捨てないと思った。事実、見捨てなかったよね。でも、あの人に何か言われたんでしょう？」

真葵の手が止まり、ぱたんとシーツの上に落ちる。

「ある日から急に、ハルちゃんは俺と距離を置くようになった。俺にはそれが耐えられなかった。だから」

「だから？」

「ハルちゃんにミミを出してもらったんだ」

「は？」

そこで中和剤の話をされて、ようやく「ウサギ耳」の真相を知るに至る。

（そういうことかよ……）

二日に一度、せっせと飲んでいたサプリにそんな効果があるとは夢にも思わない。

「おまえね……」

そう言いかけるも、呆れた顛末に続く言葉が見つからなかった。

「だから、これが俺の『好き』なんだよ。軽蔑してくれていいよ？　ここまで言ったからには、嫌われるのも覚悟のうえだし……」

シーツに落とした両腕の隙間に、真葵がゆるゆると顔を伏せる。

（まったく――）

思い悩んだ二ヵ月を返せと言いたくなる状況に、温人は知らず苦笑を浮かべていた。

思い続けた期間の長さでは真葵の方に軍配が上がるだろうが、思いの深さでは自分も負けてはいない、と思う。必死に押し殺してはいたが、真葵の「カノジョ」に抱いていた嫉妬心のどす黒さたるや、かなりのものだ。すべてが杞憂《きゆう》だとわかったいまなら笑い話にもなるが――。正直、苦しくて堪らなかった。真葵は自分よりもはるかに長い間、こんな気持ちを抱えていたのだろう。

「真葵」

声をかけても、黒髪はピクリとも揺れなかった。

自由な利き手で柔らかな髪を掻き乱してみるも、真葵の顔は上がらない。

「マーキ？」

「………」

叱られるのがわかっている子供のような頑なさをその姿に感じて、温人はやるせなく息を零した。

「おまえ、俺の気持ち考えたことある？」

しばしの間を挟んでから、真葵が曖昧に首を振ってみせる。

肯定なのか否定なのか、わからない仕草に温人は溜め息を重ねた。

「じゃあ、いいこと教えてやろうか？　俺も実は、おまえのこと好きなんだけど」

とっておきのつもりだった切り札にも、真葵は首を振るだけだった。

(このやろう……)

それも今度は、確実に否定の意味で振っているのがわかる。

「信じないのかよ」

「……ハルちゃんは優しいから、俺に話合わせてくれてるだけだよ。それか単に、手錠を外して欲しいだけ」

ひねくれたことを言う幼馴染みに、温人は思わず拳を振り上げていた。

「い、たっ」

「いいかげんにしろよ、真葵」

実力行使に出た温人を、少しだけ顔を上げた真葵が前髪の隙間から窺うように見る。

「ただの幼馴染みに体を許すほど、俺の貞操観念は低くないんだよっ」

「え」

「俺だってこの二ヵ月、ずっと悩んでたんだからな！　おまえのこと好きだって自覚して、どうしていいかわかんなくなって……っ」

そう怒鳴ったところで、真葵が混乱したように目の色を白黒させた。

いまだかつてこんな真葵の顔は見たことがないというほどに、切れ長の瞳をいっぱいに見開いて、ふるふると首を振ってみせる。

「嘘、だよ……。ハルちゃんが俺のこと好きになるわけないじゃん……。だって、あんなひどいことしたんだよ？　なのに俺が好きとか、ハルちゃん、どこの聖人君子なの……」

「知らないよ、そんなのっ」

「ぜったい嘘だよ……ていうか、どっかに隠しカメラとかあって、こんなのに引っかかりやがってみたいな話に……っ」

「なるか！」

そうとう混迷しているのか、支離滅裂なことを言いはじめた真葵に、温人は肩を落としながら溜め息をついた。

（あーも、面倒くさ……っ）

なおも意味不明なことを言っている真葵の胸倉をつかむと、温人はそれを引きつけながら上半身を起こした。パイプに繋がれた手錠がガシャンと限界まで張る。

左手首の痛みに耐えながら、

「……っ、ん」

温人は真葵の唇に文字どおり噛みついた。

それからすぐに隙間を割って、熱い口内に舌を忍ばせる。いかんせん人生二度目のキスなので、勝手がいまひとつわからないのだが、そこは勢い任せでひたすら舌を動かす。

「ぅ……、んンっ」

やがて意思を持った舌にするりと主導権を奪われた。今度は自身の口腔に侵入される。

「ふ、ぅ……っ、く」

衝動のままに唾液を混じらせ、舌を絡め合い、熱を交換しながら、温人は次第に思考がぼやけていくのを感じた。

「ぁ……っ」

途中で一度離れた唇が、宙に濡れた糸を引く。

それが光るのを薄目に見ながら、温人は続きを求めて顎を持ち上げた。

「……ン」

すぐに解してくれた唇が、今度はゆっくりと重なって温人の上唇だけを啄む。二人を繋いでいた糸が、ほんの一瞬だけひんやりとした感触を唇にもたらした。

「――……、ん、ぅ……」

求め合うキスから与え合うキスに移行しながら、真葵の手が温人の背を支える。

「……ハルちゃん」

そうして長く及んだキスを終えたのは、頬を上気させた真葵の方だった。

「こんなことして知らないからね。ハルちゃんのこと、俺もう手放さないよ……？」

真葵の瞳がうっすらと潤むのを間近に見つめながら、温人は小さく頷いてみせた。

「いいよ、真葵の好きにして」

「……そんなこと言って裏切ったら、俺ハルちゃんのこと殺しちゃうからね」

「いいよ、殺して。つーか俺だって、おまえが女の子と話してるの見て、目の前が真っ暗になるくらい嫉妬してたんだからな。もう俺以外と話すな、とかホントは言いたい」

「ハルちゃん……」

真葵の頬をひと筋だけ、涙が流れる。真葵の泣き顔を見るのは中学のとき以来だった。

あれから成長したようでしていない幼馴染みの言動には呆れるところも多いが、すべては自分を好きすぎての行動だったわけで。

(ホント、しょーもないよね)

そんなところが堪らなく可愛いと思ってしまう、自分の胸中も含めての感慨だ。

「大好きだよ、真葵」

濡れた頬を拭ってから、もう一度軽く唇を触れ合わせる。

「——俺の気持ち、思い知っただろ？」

真葵の首に腕をかけて、いまはミミのない側頭部を胸元にそっと擦りつけた。

密着したおかげで、真葵の鼓動がすぐそこで聞こえる。

「うん。……思い知りすぎて、うっかりしたらミミが出そうだけど」

苦笑というよりも自嘲に近い雰囲気でそう零した真葵に、温人は「？」を頭上に浮かべながら顔を上げた。

「出せばいいじゃん」

「いいの？」

「うん。俺、おまえのミミ好きだし」

何も考えずにそう返した自分を、温人はその数分後に呪うことになる。

――温人との逢瀬を重ねた結果なのか、真葵は一度ミミを出すと絶倫スイッチが入る体質になっているらしい。

「だめ、真葵……っ、そこ、や……ッ」

昼からの荒淫で体は疲れはてているはずなのに、真葵の発情に触発されるように、気づけば温人の体にも火がついていた。

けっきょく日付が変わるぎりぎりまで、温人の手錠が外されることはなかった。

LAST

土曜は一日中、盛ってしまったおかげで、翌日の日曜はまるで体が使い物にならなかった。

――もっとも絶倫のオオカミはかなり体力があるらしく、まったく堪えたふうもなかったけれど。

あれほどに長い時間、何度にも亘ってシたことはなかったので、ただ横になっているだけでも腰がだるくて仕方なかった。

しかも少しでも身じろぐと、いまだにソコに何かが挟まっているような違和感と、妙な疼きが下半身を襲うのだ。それが高まると、中和薬など飲んでいないのにミミが出そうな錯覚さえ起こす。

その感覚は、週明けの月曜になっても完全には抜けきらなかった。

「ハルちゃん、今日は休んだら？」

「無理。今日は会議があるし」

会議と聞いた途端、真葵の表情が曇る。

「また生徒会……？」

「そうだよ。卒業式の実行委員との打ち合わせだってあるし」

「峯岸さんと一緒？」

「そりゃね。会長と副会長だからね」

あれから真葵には、峯岸との関係についてすべて話した。

告白されたことも、自分がそれに応える気がないことも、すでにそれを峯岸に伝えてあることも。

温人の説明に　ひとまずは納得してくれたようなのだが、それでもこうして接点が浮き彫りになると、真葵は不服げな表情を隠そうともしなかった。

「長時間座ってたら腰に響くんじゃない？」

「そんなこと言ったら授業も無理だろ」

「だから、休むべきなんだって」

「こんな理由で休めるかよ」

「大事なのはハルちゃんの体調だよ。それに試験前にそんな無理して、本番に出られなかったらどうするの？」

「大丈夫だってば！」

そうして登校するしないでひとしきり揉めた結果、温人は一時限目に間に合わないという憂き目を見るはめになった。普通に歩く程度でもまだ違和感があるので、走って登校するなど到底無理な話だったわけで。

（ま、でも人目がなくなったのは幸いか）

真葵の補助を受けながら、よちよちと向かった裏門でしかし、同じく遅刻してきたらしい峯岸とかち合ってしまう。

「お、重役出勤だな」

「……お互いさまだろ」

医院に赴けなかったことについての謝罪と説明は、昨日の時点でメールしてある。急病で家を出られなかったと記したので、今日のこのフラつき具合についても納得してくれるだろう。

「けっこうつらそうだな、大丈夫か」

真葵の肩につかまりながら「まあな」と零した温人に向けていた視線を、

「おまえ、あんま無理させんなよ」

と、峯岸が急に真葵の方へと転じる。

「いくらなんでもガッつきすぎじゃね？」

「――お言葉ですが、俺を欲しがったのはハルちゃんの方ですから」

真葵が、挑戦的な眼差しを真っ直ぐに峯岸へと差し向ける。

「は？」

事態のわからない温人の反問が、視線を戦わせる二人の間にぽろりと転がり落ちた。

「何、言ってんの……？」

厳しい顔つきをした真葵と、ニヒルに笑う峯岸とを交互に見返しながら、温人は背中に嫌な汗が流れるのを感じていた。

「これ、昨日送られてきたんだけど」

峯岸がポケットから出したスマートフォンの画面をおもむろに提示してくる。

そこにあったのは、真葵のベッドでしどけなく眠る自分の姿だった。

(な、なんでこんな……)

毛布でかろうじて隠れてはいるが、温人が裸なのも、その肌に行為の跡が散っているのも一目瞭然な一枚だ。そしてそれ以上に衝撃的だったのが、出しっ放しのミミだった。

「――――……っ」

絶句した温人をよそに、峯岸が片目だけを眇めながら肩を竦めてみせる。

「温人のアドレスから送られてきたんだけど、どうせ、そっちの坊やの仕業だろ？」

峯岸の言葉を受けて、真葵がフッと息を吐くのが聞こえた。

「あなたには真実を知る権利があるから」

「あっそ。それでご丁寧に、自分のモノ宣言ですか。ったく、とんだ食わせ者だな」

「――お褒めに与かり光栄の至り」

冷めた眼差しで微笑んでみせた真葵に、峯岸が呆れきった眼差しを注いだ。それから呆然としたまま、口も利けないでいる温人に向けて溜め息をついてみせる。

「おまえ、こんなんが相手でいいのか？」

「え……っ」

「つーか、俺の言ったとおり両思いだったろ？　執着が普通じゃないのも、こいつが腹黒なのもわか

ってたんだけどなぁ」

そうぼやいてからうなじに片手を回した峯岸が、嘆くように空を振り仰いだ。

「俺の割りこむ余地が、もう少しありゃ頑張ったんだけどね」

峯岸の台詞に、隣で真葵がピクリと片眉を上げる。

もう少しってどういうこと……という呟きが小さく聞こえた。

「こんなのが帰ってこなけりゃ、確実に落としてた自信があんだけどなぁ」

「負け惜しみ、ですか」

「ハッ、ひとまずは温人の意思を尊重するってだけさ。ま、坊やに愛想尽かしたら、いつでも俺んとこ来いよ。待ってるからさ」

眼差しを研ぎ澄ました真葵とは対照的に、鮮やかな笑みを浮かべた峯岸がダメ押しのようにウィンクなどしてみせる。真葵が隣で、みるみる負のオーラを背負いはじめる。

（…………まったく）

雲行の怪しさを肌で感じながら、温人は峯岸に向けて指先のジェスチャーを送った。

「何？　スマホ？」

ほらよ、と渡された峯岸の端末から自分の画像を手早く消去する。

「あー、俺のお宝画像が！」

真顔でそう零した峯岸に携帯を投げつけてから、温人はきっと目元に力を込めた。

「こんなの残しとくわけにいくかっ」

無防備な裸体に加えて、あんなミミを出した姿を誰が見られたいと思うだろう。

（カイトにはもう見られちゃったけど！）

羞恥のあまり、その場を逃げ出したい衝動をぐっと堪えながら、温人は真葵の手を振り払って門を潜った。しかし、けっきょくその日の登校はたったの三歩だけで終わった。

「はい、タイムアウト。帰るよハルちゃん」

「は？」

「さすがに今日のは、媚薬入りじゃないから安心して。ただの中和剤だよ」

真葵の言葉に振り返ると、門の向こう側でうっすらと笑みを浮かべている幼馴染みと目が合った。その隣には、驚いたように目を丸くしている峯岸がいる。

「体への負担もいちばん少ないやつだからね」

「見事に生えるもんだな……。これか、叔父さんの言ってた中和剤って」

二人の眼差しの終着地点を恐る恐る視線で窺うと、ゆらゆらと揺れるラビットファーの白い突端が見えた。

「マ、キ……」

「ハルちゃんって本当に無防備だよね。ビタミン剤の色が変わってるのに、気づかなかったの？」

（このやろう……）

うーわ腹黒、と呟く峯岸の横で鞄に手を入れた真葵が中から大判のストールを引っ張り出してきて「はい」と手渡してくる。

こんな物まで用意している辺り、真葵にとってはすべて予定どおりなのだろう。

周到な準備の気配が窺える。

「……おまえ、覚えとけよ」

被ってからぐるぐる巻きにしたそれでミミを隠しながら、温人は唇を噛み締めた。

「言っとくけど、俺だってこんなことするの本意じゃないんだよ？　でもハルちゃん、放っておいたら無理するでしょ？　体が本調子じゃないときは、きちんと休まなきゃ」

（く……っ）

確かにまだ体は重く、実を言えば少しだけ熱もあったりもするので、この場合、真葵の方が正論を言っている気がしないでもないのだが。

（でも……）

温人を窘める声がどこか嬉しげなのは、けっして聞き間違いではないはずだ。

「そんじゃ、今日は病欠って連絡入れとく。生徒会の方は気にすんなよ。一日くらい、おまえなしでもやってけるさ」

ミミの件にはそれ以上触れず、「じゃーな」といつもの様子で手を挙げた峯岸に、温人は力なく頷くことしかできなかった。

（うう、顔見れない……）

親友の気遣いが、いまは無性にいたたまれなかった。門柱に背を預けて、しばしその場に蹲り、項垂れる。

「さ、帰ろう。ハルちゃん」

「おまえは学校いけよ、元気なんだし……」

「ダメだよ。ハルちゃんの体調不良は俺の責任だよ？　最後まで面倒みなきゃ」

「……よく言う」

そんな詭弁とともに差し出された手を、温人は溜め息交じりに取って立ち上がった。

手を繋いだ真葵が鼻にシワをよせて笑ってみせる。その会心の笑みを横目に、温人は内心だけで肩を落とした。

（――勝てない、この顔に）

とぼとぼとした足取りで帰途につきながら、この半年間のことを振り返る。思えば真葵が帰ってきてから、受難続きの日々だ。

悩んだし、苦しかったし、どちらかと言えばそんな思い出の方が多いくらいだけれど、

（そのすべてがあったから）

いまこうして真葵と手を繋げているわけで。

そう思うと、どんな苦い思い出もいまは笑って思い出せた。

「……でも帰ったら覚えとけよ」

ミミの出ていない真葵には聞こえないほど小さな声で囁いてから、温人は目が合った恋人にニッと満面の笑みを向けた。

オオカミ系
男子の策略

1

近いうちにこうなるだろう、とは思っていたのだ。

放課後の校舎裏なんてところに呼び出された時点で、話の内容もほぼ見えている。

あと数時間もすれば同じマンションで顔を合わせるというのに、それすら待てなかったということは「情報」を得たのは昼休み以降なのだろう。一刻も早く真偽を質《ただ》すために、チャイムが鳴るなり呼び出しをかけてきたというわけだ。

(意外に遅かったかな)

よりかかった壁の冷たさが、セーターを通してしんしんと伝わってくる。

三月に入り真冬の猛威《もうい》こそ失われたものの、外気はまだ冷たい。引っ張った袖で庇《かば》いきれなかった指先を吐息で暖めながら、柘植温人《つげはると》は無言で外壁に背中を預けていた。清掃区域から外れていることもあって、特別教科棟の裏はひっそりと静まり返っている。向かい合って、もう数分は経つだろうか。

先に静寂を破ったのは向こう、坂下真葵《さかしたまき》の方だった。

「――ハルちゃん、俺に何か隠してるよね」

感情をギリギリまで押し殺したような、低めの発声。その語尾に被さるようにして、真葵の大きな掌《てのひら》が立て続けに壁を打った。檻のような腕の囲いに閉じ込められながら、

「だったらどうする？」

温人はわずかに顎を持ち上げてみせた。

挑戦的な態度に見えるよう、角度は意識したつもりだ。案の定それが気に障《さわ》ったらしく、数センチの距離に迫っていた面立ちが面白くなさげに歪められる。端整であるがゆえ、そんなふうに顰められると何とも言えない迫力が生まれるのだが、そこは長い付き合いだ。図体ばかり大きくなって、中身はまだまだ子供っぽいことを知っている身としては怖くも何ともない。それよりも。

（ていうか、また伸びたんじゃないだろうな……）

ほんの少しだが以前より目線が高くなっている気がして、温人としてはそっちの方が気がかりでならなかった。そんな意識のブレを察したのか、幼馴染《おさなな　じ》みの目がより剣呑《けんのん》な色合いを帯びる。

「隠し事はためにならないよ、ハルちゃん」

「べつにまだ、肯定してないし」

「……惚《とぼ》ける気なんだ」

さっきよりも低まった声が、今度は吐息をともなって首筋に触れてきた。「コラ」といちおう制止するものの、今日の真葵は怯《ひる》まない。弱いと知られている耳の付け根に唇が押しあてられる。

「春休みに生徒会の合宿がある、ってのは前から聞いてたよね。でも、そのメンツが会長と副会長の二人だけってのは初耳だったよ」

（ン……っ）

そのまま喋《しゃべ》られると体の奥が疼《うず》きそうになるのだが、どうにか平静を装って背筋を伸ばす。

「ああ、残念だよな。例年五人は揃うんだけど、今年はみんな予定が合わなくて」

「じゃあ、やっぱり本当なんだ？」

「まあね」

軽い調子で肩を竦めてみせると、今度は咎《とが》めるように首筋に吸いつかれた。

「ちょ、バカ、これ以上は……っ」

いくら人気がないとはいえ、ここは学校内だ。いつ誰に目撃されるか、わかったものじゃない。密着だけならまだしも、こんなあからさまな場面を見られたらもはや言い訳のしようもない。咄嗟にブレザーの胸板を押し返すも、抗おうとした両手はあっという間に捕らわれてしまい、

「無駄だよ、ハルちゃん」

あえなく壁に押しつけられる結果となった。

「ん……っ」

動けなくなった獲物を甚振《いたぶ》るように、真葵が軽く歯を立ててから食んだ肉に舌を這わせてくる。犬歯の食い込む感触に身震いすると、派手なリップ音を立てて唇が離れた。

「俺が嫉妬深いの知ってるよね。じゃあ、わざと？　こうされたくて黙ってたの？」

「そんなわけ」

「ないって言える？」

顎を引いてより眇められた眼差しが、さっきよりも間近で目を合わせてくる。

(やれやれ、はじまったな)

逆光のせいだけでなく、暗く沈んだ瞳がこちらを窺うようにじっと見つめている。

いつもは理知的で聡明に見える切れ長の眼差しが、いまはすっかり翳《かげ》って、鬱々《うつうつ》とした淀《よど》みを満面に湛えていた。全身から放たれるオーラもどんよりと重く、覇気の欠片《かけら》もない。育ちのいい優等生然とした真葵しか知らない人が見たら、まずは目を疑うだろう変貌ぶりだ。

けれどそれも、温人にとっては馴染みの光景だった。礼儀正しくて人あたりのいい仮面はあくまでも外面、真葵の本性はこっちだ。

「腕、痛いんだけど」

「放さないよ。悪いのはハルちゃんなんだから」

身じろぎも許さないつもりなのか、腕の拘束をさらに強めながら、真葵の膝が温人の両脚を割るようにしてずり上がってくる。誰かに見られたら、いよいよ説明のつかない状況になってきた。

(腕力で敵わないのは、とっくに経験済み)

体勢的にも圧倒的不利と言えるが、温人にはこの形勢を簡単に覆す自信があった。

「——マキ」

名前を呼んで気を引いてから、ほんの少しだけ背伸びをして目の前にあった鼻頭にキスをする。

「え……」

たったそれだけで緩んだ拘束から腕を抜くと、温人は「しょーがないな、もう」と独りごちながら、今度は自ら首に縋って、半開きだった唇に自身の唇をもう一度押しつけた。

真葵の癇癪《かんしゃく》は、甘やかすことでたいがい崩れ去る。

(いまの、誰にも見られてないよな)

素早く離れて周囲を窺う間も、真葵は放心したように立ち尽くしていた。

あのまま一方的に押し込まれるくらいなら、キスでご破算にする方が手っ取り早くてリスクも低い。幸い、目撃者を生むこともなかったようなのでひと安心だ。

真葵と付き合うようになって、けじめとして徹底していることがひとつだけある。人目があろうとなかろうと、校内でのいちゃつきは全面禁止。——一時期はある事情から至るところで盛っていたものだが、真葵と恋人同士になってからはセックスはおろか、キスすら許していない。その代わり、家に帰ってからはわりと好きにさせているので、真葵も校内では我慢するようになった。そんな日々が続いていたおかげで、不意打ちは抜群の効果を発揮した。

「……ずるいよ、ハルちゃん」

奪われた唇を片手で庇いながら、真葵が困ったように眉間を曇らせる。あっさりと手綱を取られた事実を悔しがりつつも、その目元はほんのりと赤く染まっていた。

(こーいうところが可愛いとか)

思ってしまうあたり、自分もすっかり色ボケしているのかもしれない。

「とりあえず、場所変えようぜ」

セーター一枚の防寒などたかが知れている。外で立ち話をするにはそろそろ限界だった。話の続きは帰ってからでもと踵《きびす》を返したところで、後ろから肘をつかまれる。

「悪いけど引き下がらないよ。俺だって、ハルちゃんと二人きりで旅行なんてしたことないのに」

「おまえが引っかかってるの、そこ？」

「ハルちゃんは、俺が誰かと二人きりで出かけてもいいの。しかもそれ、内緒にされてるんだよ。逆の立場だったらどう思った？」

「………」

痛いところを突かれて、思わず唇を引き結ぶ。

そんなの嫌に決まってるだろ、と即座に思いつつも言い返せないのはバツが悪いからだ。

合宿とは名ばかりの生徒会親睦会の参加者が、会長と副会長だけ――すなわち、真葵とは多少の確執がある峯岸威斗《みねぎしかいと》と温人の二人きりになってしまったのは一週間ほど前の話だ。当初の予定ではあと数人が参加を希望していたのだが、それぞれに外せぬ用事が入ってしまったのだという。

もし例年のようにホテルを予約していたのなら、こうもメンバーが減ってしまった以上、催行不能で合宿自体が流れていたことだろう。だが、今年は峯岸家の別荘を宿泊地としていたおかげで「じゃあま、フツウに羽伸ばしにいくっつーことでいいんじゃねえ？」という会長の一言により、そのまま決行される運びとなったのだ。

それを真葵に黙っていた理由も、あるにはあるのだが……。

「俺の目を見てよ、ハルちゃん」

腕を引かれて振り返ると、今度は悲しげな瞳が一心にこちらを見つめていた。

もしいまミミが出ていたら、きっと弱々しげに伏せられていたことだろう。飼い主に捨てられまいとする忠犬のような必死さが、全身から滲《にじ》み出ていて。

（あーこれは負ける……）

温人はがくりと俯いてから、白旗を上げた。

負のオーラ満載で聞き分けのないことを言う真葵にはこちらも強く出られるのだが、こう弱気になられるとどうしても手を差し伸べたくなってしまう。もはやこれは性だろうか。

「――わかったよ、真葵。黙ってたのは悪かった」

温人の言葉を受けて、真葵が顔の横で小さくガッツポーズを作る。だが俯いていた温人には、その秘かな勝利宣言は見えなかった。

「じゃあ、親睦会は中止にしてくれる？」

「それは無理」

「どうして？」

「どうしても」

益のないやり取りを三度ほどくり返したところで、真葵が不穏当なことを口にする。

「じゃあ、旅行にいけない体にしてもいい？」

慌てて顔を上げると、今度は挑発的な視線に出迎えられる。舌なめずりのオプションまでついたそれがポーズでないとわかるのは、過去に一度そういう目に遭わせられたことがあるからだ。

あのときは真葵との先約を忘れて、うっかりクラスメイトと映画にいく約束をしてしまったのが発端だった。おまえとはいつでもいけるだろ、と考えなしに友達を優先しようとした結果、前日の夜から朝まで粘られて、とても外出できるコンディションまで戻せなかったのだ。

力では敵わないと、あれほど思い知らされた日もない。けっして乱暴ではないものの、嫉妬で狂った真葵の行為はとにかくしつこくて、何度イッても放してもらえず閉口したものだ。もともとの体力差と快感に翻弄されて、あのあと数日は腰のだるさが抜けなかったほどだ。

相手がただのクラスメイトではなく峯岸となれば、自然と行為もエスカレートするだろう。家ではさっきの切り札も使えない。

「……っ、卑怯だぞ」

「どっちがなの。ひどいこと言ってるのは、ハルちゃんの方だと思わない？」

そう言われればそうかもしれないが、温人にだって事情というものがあるのだ。様子見のために口を噤んでいると、真葵がつかんでいた手を急に解放した。

「——いいよ、わかった。ハルちゃんが償ってくれるっていうんなら、俺も食い下がらない」

「償い？」

「うん。俺のお願い聞いてくれる？　……そうだな、ふたつほど」

「それ、ちょっと多くないか」

「妥当だと思うけど」

今回の件を秘密にされていたことでいかに傷つき、悲しかったかを、真葵が悲愴な面持ちで切々と語りはじめる。長引きそうなそれを「わかった、わかった」と掌で制してから、温人は首を傾けつつ、真葵の様子を窺った。

この流れで、条件として出されそうな筆頭と言えば――。

「まずはひとつめ。どうしてもいくって言うんなら、俺も一緒にいくからね」

何を言われてもこれだけは譲歩しないとばかり、真葵が腕を組んで仁王立ちになる。

（ああ、やっとか……）

ようやく引き出せた一言に、温人は内心だけで胸を撫で下ろした。

この件を真葵に話さなかった理由のほとんどは、実を言えば峯岸の要請があったからなのだ。真葵が知ればきっとこう言うだろう、という峯岸のシナリオのスタート地点にたどり着いたことで温人はやっと肩の荷が下りた気分になった。

「わかった。――と言いたいところだけど、あくまでもこれは生徒会役員のためのイベントだから。部外者を参加させるわけにはいかないんだよ」

脳裏にある台本どおりの返答を口にすると、真葵がふうんと片目だけを細めてみせた。

「ちょっと読めたかな。ハルちゃんに口止めしたの、会長でしょう？」

「――正解」

片手を上げて白状すると、真葵が「なるほどね」と俯《うつむ》きかげんに前髪を掻き上げてみせた。

伏し目がちの瞳に、指の隙間から零れた前髪がさらさらと被さる。スタイルも顔もいいからなのか、真葵は何をしていても驚くほど様になる。男の色気すら感じさせる仕草にうっかり見惚れていると、それすら計算していたように持ち上がった視線がふっと眦《まなじり》に笑みを滲ませた。

さっきまでの鬱々さが嘘のように、いまの真葵は余裕に充ち溢れている。マイナス思考に偏りがちで疑心暗鬼に陥りやすく、温人の前では子供じみた態度も隠そうとしない真葵だが、ひとたび自信を取り戻すと目もあてられないくらい男前になってしまうのだから。

(俺としては、心休まらないっていうか)

複雑な気分を味わうこともしばしばなのだが、そんなこと真葵は知る由もない。

「交換条件は、新年度からの生徒会入りってところ？」

「それも正解。カイトはおまえを買ってるんだよ。役立つ人材と見込まれたわけだ」

「そりゃ光栄だね。わかった、入るよ」

「いいのか、即答で」

「いいも何も、ハルちゃんを担保に取られたらほかに選択肢ないでしょ。ただ、そっちの条件を呑む代わり、俺のふたつめのお願いはぜったいに聞いてね」

「内容にもよる」

「ハルちゃんはイエスって言うよ、ぜったいにね」

妙な自信を漲《みなぎ》らせながら言いきられたところで、体が限界を迎えたのか、三連続くしゃみが温人を襲う。うーさむ……と丸めた背中に、真葵のブレザーがふわりと被せられた。

（あ）

途端、真葵の体温と残り香とに包み込まれて、予期せず頬が熱くなってしまう。真葵にしたら下心のない親切だったのだろうが、温人からしたらちょっとした不意打ちでもあった。

「続きはマンションにしよう」

そう言って差し出された手をつかむふりでスルーすると、

「さっさと帰るぞ、真葵！」

温人は赤くなった顔を見られまいと、ダッシュで校舎裏を飛び出した。


卒業式も終業式もつつがなく終わり、春休みも今日で二日目――。

生徒会恒例の親睦会は、春休み最初の月曜日から次の週明けまでの日程で組まれることになった。

当初は三日ほどを予定していたのだが、寸前で人数が増えたこともあり気忙しさを嫌ったのか「旅先ではのんびりしたい派なんだよね、俺」という主催者の鶴の一声で延長されることになったのだ。宿泊費がかからない分、光熱費は折半にするべきだという温人の主張は峯岸の「めんどくせー」の一言で却下されてしまったので、温人たちが払うのは食費と交通費のみという気楽さである。

学生の身分としてはありがたいものの、峯岸ばかりに負担を強いるようで、温人としては少し気が引けていたのだが、本人にはすっかり見抜かれていたようで、

『たまには誰か住まねーと、家も荒れるしな。むしろ助かったんだぜ？　おまえらがこなかったら、俺が一人で送り込まれるところだったからな』

『そうなの？』

『実はそう。ぼっちが嫌で、おまえらを巻き込んだんだよ』

終業式のあと、峯岸には笑いながら肩を叩かれた。どこまでが本当かはわからないが、そういう名目があるのならば心もちもだいぶ軽くなる。合宿中は必然的に自炊することになるが、峯岸が玄人《くろうと》裸足の腕前なのでその点も心配はいらない。ただひとつ、気になる要素と言えば――。

「それで、アーウィンくんてどんな子？」

ボストンバッグに旅行用の荷物を詰めながら、温人は傍らのベッドで横になっていた真葵に声をかけた。すでに身支度は終えたらしく、出発前日の今日は朝から温人の部屋に入り浸っている。うつ伏せで雑誌をめくっていた真葵が、怠惰な頬杖のまま「さあ」と声を鈍らせる。

「さあって。お世話になってた子なんでしょ？」

「お世話になってたのは親の方だよ。息子とは一年間クラスメイトだっただけ」

温人としては『真葵が向こうで懇意にしていた相手』というだけで興味津々なのだが、真葵は素っ気ない態度で応じるばかりで、いっこうに「彼」の人となりというものが見えてこない。

「ところでハルちゃん、水着はいらないんじゃないの」

「えっ、だって別荘にプールあるって」

「屋外らしいよ。三月の気温で泳ぐなんて、勇気あるねハルちゃん」

「がーん！」

別荘での楽しみがひとつ減ってしまったことを嘆きながら、温人は荷物の中から不要になった水着を引っ張り出した。適当に放り投げたそれを、ナイスキャッチした真葵が「……ハルちゃんの匂いがする」などと怪しい使い方をはじめたので、慌てて取り上げる。

「ハルちゃんのケチ」

「そういう問題じゃない」

「でも大丈夫だよ。俺、使用済みにしか興味ないから」

「おまえね……」

温人の下着をそういう目的で使ったことがあるとは前に言われたことがあるが、もしかしていまも知らぬ間に盗まれていたりするのだろうか。

「中身があれば充分だろ？」

「もちろん。でも、あれはあれで違う楽しみがあるんだよ」

「言ってろっ」

わざとらしくほくそ笑んだ真葵に手近にあったクッションを投げつけると、今度は声を上げて笑いながらそれも難なく受け止められてしまう。

（……ちぇ、またかわされたか）

彼の話をはじめると、真葵はいつもさりげなく話を逸らしてしまう。だからこそよけい気になるのだが、自分の言動が温人の好奇心を駆り立てているとは夢にも思っていないようだ。

彼についてこれまでに得られた情報と言えば、真葵が渡米していた二年間、お世話になっていた家の一人息子であること。それから、ちょっとしたことがきっかけでいまは不登校になっていること。真葵から「合宿に彼を連れていきたい」と言われたときは少々面食らったものの、事情を聞いてみれば温人に否やはなかった。……真葵の予告どおりというのは、何やら悔しい気もするけれど。

聞けば、春休み中に彼が日本にくることはすでに決まっていたらしい。一年近く引きこもりになっている彼を心配して、両親が「気晴らしに旅行でも」と勧めたところ、彼の口から目的地として日本が挙げられたのだという。そこで白羽の矢が立ったのが、真葵だったというわけだ。

お目付け役に任命された以上、彼を一人にするわけにはいかない。だから合宿に連れていきたいという申し出に、峯岸も快く了承してくれた。――もちろん真葵に適用した理屈で言えば彼も部外者にあたるわけだが、あれはあくまでも真葵専用の条件と言っていい。

かくして、合宿参加メンバーは四人になった。

その後もことあるごとに彼について訊ねてみたのだが、真葵からの返答はいつしか「根暗な引きこもり」の一語だけになってしまった。

（いったい、どんな子なんだろう）

おかげではちきれんばかりの好奇心を抱えて、温人は当日の待ち合わせ場所に向かった。

ホストである峯岸は下準備のために、昨日から現地入りしている。真葵も彼を迎えに空港まで出向いているので、温人は一人でターミナル駅のコンコースを歩いていた。ほどなくして待ち合わせの目印にしていた彫像を見つけて、小走りに駆けよる。

「ふう、重かった」

提げていたボストンバッグを足元に下ろすなり、温人は額に滲んでいた汗を手の甲で拭った。外気温に合わせて選んだ服は、人で溢れた構内を歩くには少し厚すぎたようだ。発色のいい黄緑色《ビタミンカラー》のダウンジャケットを脱いで、腕に抱える。ダウンの保温力がかなり高いので、これさえ脱げばかなりの軽装になる。薄手のカットソーにVネックのカーディガン、下はチノパンにスニーカーというラフな格好で、温人はんーっとその場で腕を伸ばした。

と、メール着信を告げたスマートフォンの画面に指を載せる。『そんな恰好で寒くないの？』という文面から察するに、待ち人はすでにこの吹き抜けホールまで到達しているらしい。空港からの乗り換え連絡を考えればあちら方面から現れるだろう、と予測した方角に目を凝らすも、今朝方見たばかりのピーコートは見あたらない。

（んん？）

さらに目を凝らそうとしたところで、温人はまったくの死角から急に肩を叩かれた。

「お待たせ、ハルちゃん」

「う、わ！　……びっくりした」

「なんでそんな薄着なの？」

斜め後ろからいきなり現れたピーコートが、そのまま覆い被さるようにして腕を巻きつけてくる。数秒の攻防ののちそれを退けると、温人は慌てて真葵の傍らに目をやった。その直後。

（こ、これは……っ）

真葵に肩を叩かれたときよりも、はるかに大きな衝撃に見舞われる。

柔らかなウェーブを描く亜麻色の髪に、冴えた真冬の湖を思わせる深いブルークォーツの瞳。それだけでも人目を引くというのに、彼の容貌はひと目で意識をさらうほどに整っていた。

頭身のバランスがいいのだろう、立っているだけでも絵になる光景はモデルさながらで、同じくスタイルのいい真葵と並ぶとファッション誌の一ページを見ているような気にさせられる。身長は真葵よりも低く、温人よりは少し高い。だが体つきは薄くしなやかで、線の細さでは彼に軍配が上がるだろう。華奢な痩身の頭から足元までをブランド品で固めていても、それが嫌みに見えないのはどことなくノーブルな雰囲気を纏《まと》っているからだ。

（何が根暗な引きこもりだよ……）

彼をして、そんな表現だけで済ます真葵の感性には正直疑問を感じざるを得ない。

端整すぎていっそ冷たく感じられる面立ちが、温人をさらりと流し見てから半歩前にいる真葵へと向けられた。早口の英語で何か問う。それを明らかに適当とわかる仕草で流すと、

「いこう、ハルちゃん」

真葵は素知らぬ顔で、温人のボストンバッグにひょいと手を伸ばしてきた。

（いやいやいや。自己紹介とかするタイミングだろ、コレ）

新幹線の改札に向けて、さっさと歩き出そうとしたピーコートの裾をつかむと、温人は彼に向けてニコッと首を傾げてみせた。留学のおかげでネイティヴじみた英語を操る真葵には到底及ばないが、学校英語の範囲内でも最低限のコミュニケーションは可能だ。

「It's so nice to meet you」

続いて名乗りながら手を差し出してみるも、彼は冷めた一瞥《いちべつ》をくれただけですぐにまた真葵へと視線を移した。早口すぎて聞き取れなかった英語に、真葵が「Fuck yourself」と真顔で返す。

（この二人もしかして、仲悪い……？）

「ケンカは、だめだぞ」

険悪な雰囲気に戸惑いつつもそう声をかけると、無言で肩を竦めた真葵が溜め息をひとつ挟んでからようやく口を開いた。

「放っておきなよ、ハルちゃん。長旅で疲れてるみたいだからさ」

「あ、そっか」

本当は余裕を持って日本入りしたかったのだが、予定を擦り合わせたところ、どうしても当日の朝にしか入国できなかったのだと聞いている。長時間のフライトのあとに、ほとんど小休止もなくまた移動しようとしているわけだ。かなりの強行軍なのは想像に難くない。彼が不機嫌なのはそのせいもあるのだろう。ここは年長者の自分が、気を回さなくてはいけない場面だ。

「気が利かなくてごめんね」

真葵に手荷物を奪われたおかげでこちらは両手が空いている。対する彼は大きめのキャリーケースを、ふたつも器用に引きずっていた。そのうちのひとつを半ば強引に引き受ける。

「よし、いこっか」

そのまま率先して改札を目指すと、しばしの間があってから背後でもうひとつのキャリーケースがガラゴロと音を立てはじめた。三歩ほど遅れていた真葵が、すぐに追いついてきて隣に並ぶ。

「——ハルちゃんには敵わないよね、ホント」

「ん？　何が？」

「何でもない」

その後予定どおりの新幹線に乗り、温人たちはほどなくして目的の駅に降り立った。

都会に比べると、やはり山間部は空気が冷たい。車中でも脱いでいたダウンジャケットに袖を通すと、温人はここでも率先して改札階へと向かうエスカレーターに向かった。無事に到着した旨を峯岸宛にメールする。素早い返信には『準備万端』と記されていた。

「それで、夕飯は何食べたい？」

二段下のステップにいる彼――アーウィン・ノーランドを振り返りながら、温人はキラキラと両目を輝かせた。

疲れている身にさらなる不自由があってはいけないと思い、『暑くないか』『喉が乾いてないか』車中でも拙《つたな》い英語で話しかけていたのだが、やがて根負けしたように「……日本語でいい」と返ってきたのがいまから三十分ほど前のことだろうか。そんな前情報はなかったので流暢な発音には驚かされたが、それからはポツポツと応えてくれるようになったので、温人としては人見知りの猫がようやくこっちを見てくれたような、妙な達成感をいまだ味わっていた。

「好き嫌いがあったら遠慮なく言ってね」

「……べつに」

目も合わせずそう零したアーウィンが、退屈げに腕時計に目を落とす。長旅の疲れもむろんあるだろうが、そもそもが人付き合いを得意としないタイプだということが、温人にもようやくわかってきたところだ。出会って以来、仏頂面以外の表情をまだ見たことがない。

「カイトが――あ、もうひとりの合宿メンバーが料理得意だから、夕飯は期待していいよ」

温人の言葉に、ふいに彼の睫が小刻みに震えたように見えた。

（あれ？）

頑なだった表情が、ほんのわずかだが揺れて変わりはじめる。

その推移を見守ろうとしたところで改札階に着いてしまい、温人は慌てて前に向き直った。指定されていた出口へと歩を向けてからもう一度振り返ってみるも、そのときにはもうそんな片鱗《へんりん》すら窺えないほど、アーウィンは澄ました顔を取り戻していた。

(気のせい、かな)

何というか、泣き出しそうな前兆に見えたのだが、

「……ジロジロ見られるの、不愉快なんだけど」

「あ、ごめん」

温人の注視に耐えかねたように、アーウィンが眇めた眼差しを遠慮なくぶつけてくる。この言動を鑑みても、錯覚だったとしか思えない。

「ハルちゃんに偉そうな口利くな」

「Fuck off」

真葵の言葉に、アーウィンがあまり誉められないハンドサインを返す。道中もずっとそうだったのだが、ちょっとしたことで勃発しそうになる二人の諍いをはいはいと宥めながら、温人は駅前の広場でタクシーをつかまえると、年下二人と荷物を後部座席とトランクとにそれぞれ押し込んだ。自分は助手席に乗り込んで、運転手に別荘の住所を伝える。

何はともあれ、これから一週間の合宿がスタートする。

2

東京では開花をはじめている桜も、こちらでは硬い蕾《つぼみ》のままだ。

ソファーに深く腰かけながら、威斗はまだ花の乏しい庭にぼんやりと目を留めた。

時期がよければこの辺りの桜も見応えがあるのだが、残念ながら今回はお披露目できそうにない。もっともこの家の主人は桜を好まないので、庭の風景に薄紅が交じることはない。代わりに六月にはスズランや紫陽花《あじさい》が、秋には薔薇《ばら》が咲き乱れる。庭の奥には大きな樅《もみ》の木を植え、当人としてはクリスマスの主役に仕立てる気だったのだろう。

そうやって自分好みの庭にしたわりには、主が訪れたのは新築した最初の年だけだった。飽きっぽいというか、執着が薄いというか。どれだけ金を使っても自分の懐《ふところ》が痛まない立場というのは、金銭感覚が狂いやすいものだ。威斗の母はその典型だった。

温人に言った名目も事実にすぎない。ここ数年、折に触れこの家を利用しているのは息子の自分くらいだ。庭の管理も威斗自身が職人を手配して保っている。

(いい思い出があるのはこの家くらいだからな)

父も母も、日本のみならず各地に物件を持っているが、そのどの家にも威斗は馴染めなかった。東京の本家も例外ではない。

夫の稼ぎは無尽蔵だと信じている母に、自分の口利きで何でも動かせると思っている父、その所業をそっくり真似するだけの兄が昔は嫌いだった。

いまはまあ……昔ほどではない。どんな生き方をしようとも、それは当人の自由だ。だが、血族だからと言って同じ生き方を望まれるのは迷惑でしかなかった。このレールから逸れるなと、幼少時から言い聞かせて育てた兄が思いどおりになったので、次男もその路線で育てようと思ったのだろう。ゴリ押しで押しつけられる未来に、中学までは青臭く反発していたものだ。

一族郎党軒並み医者で、それ以外の将来なんてありえないと親族の誰もが口を揃えるような家系だ。本家に生まれた者はその宿命から逃れられないと、小さい頃から呪いのように言われ続けた。そのすべてを覆してやろうと、中学まではサッカーに打ち込んだ。幸運にも才能があった。プロも夢じゃないと、思えるほどの経歴も手にしていた。けれどそれも、一度の怪我で水泡に帰した。

それ見たことかと親族たちが笑う中、母だけがきょとんとした顔で「もう好きにしたら」と言いはじめた。医療系にこだわるのはあくまでも父方の血筋で、脈々と続く家名と資産とに重きを置く母方の血筋は威斗の挫折にはおおらかだった。

『カイはどっちかっていうと、医者より起業家向きよ』

なんなら投資するから好きにやってみなさい、と母には背中を叩かれた。何も反抗するばかりが能じゃない。自身の視野の狭さを、威斗はそのとき初めて知った。固定観念を捨て、医者も選択肢に入れたうえで、いまは新たに選んだ未来を目指している。

母方の祖父の援護もあり、いまでは父も無闇に未来を押しつけることはなくなった。思えば父も、兄のようにして育てられたのだろう。兄は兄で医学を極めることに意欲を持っているので、進むべくしてその道に入ったのだといまは思える。

（ガキくさかったよなぁ……）

中学までの自分を思い返すと、たまに無性にやりきれなくなる。反骨精神の四文字に囚われていただけで、けっきょくは何も考えていなかったのだから。怪我はいいきっかけだった。

高校で温人に会えたのも、威斗にとっては幸運だった。同じように故障で夢を諦めた温人の、無理のない明るさと前向きな性格には隣にいて感化を受けた。おかげで自分も、真っ直ぐに将来を見据えることができた。素直で屈託がなくて、年相応にバカ話にも交ざるがどこか品があって、人柄がにじみ出ているようにすっきりと伸びた背筋は見ているだけでも快《こころよ》かった。

同性に惚れる嗜好はないつもりでいたが、気づいたら友情の範疇を超えて好きになっていた。この先もこんなふうに彼が隣にいてくれたら、どんなにいいだろう。——そんな夢想は、クソ生意気な幼馴染みの出現によって霧散してしまったけれど。

いまも、温人のことは好きだ。親友として隣に立っていたいと思う。恋人の座にドヤ顔で座っている真葵のことも、実を言えばそれほど嫌いではないのだ。クソガキだとは思うけれど、温人が放っておけない危うさも含めて面白い男だと思わなくもない。成績優秀、眉目秀麗、何をやらせてもそつなくこなし、急場も臨機応変に凌《しの》げる頭がある。温人さえ絡まなければという条件がつくが、得難い人材なのは確かだ。首尾よく勧誘には成功したので、次期生徒会も安泰だろう。

容姿、体格、能力、いずれも男から見て羨ましいほどの資質に恵まれた真葵がいまだに自分をライバル視しているという事実も面白い。いや、光栄と言うべきだろうか。そのあたりをくすぐるとまるで子供のようにむきになるところも、見方によっては可愛げがある。

(まあ、オモチャっつーか)

せっかくなので、この合宿でもさんざん遊ばせてもらおうかと思っている。

「さて、そろそろ駅に着く頃か」

換気に掃除、ゲストルームの準備も昨日のうちに済ませてある。あとは一行の到着を待つばかりだ。炭酸水を手にリビングのソファーで寛いでいると、おもむろに母から着信が入った。座面でスマートフォンがその身を震わせる。特注の広い窓ガラス越しに庭を眺めながら、二度までは見殺すも三度目に仕方なく端末を手に取る。

「はい？」

いまどこにいるの、という第一声に、殺せなかった溜め息が漏れ出てしまう。

「だから言ったろ、前日から準備でこっちくるって」

聞いてない、と言われてもこちらはきちんと事前に伝えたし、そもそも家にいなかったからと言って非難を受ける謂われはない。どうやら知人が催すパーティーに、エスコート役として勝手に想定されていたらしい。そんな話はむろん聞いていないし、打診されたところで受ける気もない。

「ケチって言われてもね」

カイなんか知らない、と言われて一方的に通話を切られる。いくつになっても子供じみた言動が抜けないのは、生まれてこの方、血筋と金に甘やかされ続けてきた結果に違いない。ああはなるまいと、父とは違う意味で威斗が反面教師にしてきた側面だ。もっとも母の気ままな振る舞いなんて、真に鼻持ちならない連中と比べれば可愛いものだ。

「お、着いたか」

温人からのメールに手早く返信すると、威斗は人数分のコーヒーを用意するためにキッチンに立った。今回の件で首尾よく真葵の勧誘には成功したものの、それは思わぬ「オマケ」をもたらすことになった。アメリカで親しくしていた友人を同行させたいと、真葵から申し出があったのだ。

(あの坊やに友達がいたとはね、意外っつーか)

がぜん顔が見てみたくなったので、威斗はぜひ連れてくるよう快諾した。

ひとまず自分と真葵にはブラックを、温人にはキャラメルラテを。残る一人にははたして何を用意するべきか。コーヒーが飲めない場合に備えて紅茶のストックを確認してから、コーヒーメーカーのスイッチを入れる。ほどなくして、ポーチのあたりに騒がしい気配が到着した。

「よう、寒かったろ」

チャイムが鳴る前に玄関を開き、大荷物の一行を出迎える。お気に入りのダウンジャケットに身を包んだ温人が、こちらを見るなり「カイトっ」と表情を華やがせた。途端、隣にいた真葵の顔がフラ

ットから一瞬で不機嫌にシフトする。そのあまりのわかりやすさに吹き出しそうになりながら、

「待ってたぜ、マキチャン」

わざと下の名前で呼ぶと、今度は殺人的な鋭さで思いきり睨まれた。

「名前で呼ばれる筋合いありませんよね」

「じゃあ、坊やにしとくか」

会長の権限で無理やり二択を迫ると、ものすごく嫌そうな顔をしてから「……ちゃんづけはやめてください」と重い溜め息をつかれる。

(やべえ、楽しいな)

飽きないオモチャを手に入れた気分でほくそ笑んでいると、真葵の背後からひょこりと四人目のメンツが顔を出した。

「――へえ」

仏頂面のせいできつめの印象を与えるが、ずいぶん造作の整った顔だ。深く澄んだ青い瞳が、涼しげな面立ちをより際立たせている。癖毛なのか、亜麻色の髪は毛先が跳ねるように巻いていた。真葵と同い年にしては少し線が細すぎる気もするが、まだ成長途上なのだろう。

「…………」

尖り気味の唇が何か言いたげに開くも、すぐに引き結ばれてしまう。こちらの頭から爪先までを値踏みするように眺めてから、ふいっとおもむろに顔を逸らされた。感じがいいか悪いかで言えば、お

世辞にもよくはない態度だ。

「あ、彼はアーウィン。真葵の元同級生だよ」

道中でもこんなふうだったのか、介したふうもなく温人がにこやかに紹介してくれる。その間も本人はそっぽを向いて、どこ吹く風の姿勢でいた。

（可っ愛くねーガキ）

温人から多少の事情は聞いているものの、威斗に甘やかす義理はない。だからと言ってここで態度に出すほど、自分も狭量ではない。ひとまずは見なかったふりで「まあ、入れよ」と、威斗は笑顔で三人を招き入れた。

玄関を入り廊下を真っ直ぐに進むと、シーリングファンが回る吹き抜けに出る。建物の約三分の一を占めるのが、ダイニングも兼ねたこのリビングだった。東西にそれぞれ大きな窓があり、双方に面して配したソファーからは前庭と裏庭の趣《おもむき》の違いを楽しめるようになっている。

北側には一段低くなったオープンキッチンがあり、ひととおりの器具や設備は揃えてある。一階にはほかにランドリーとバストイレ、母がメインで使う寝室があり、キッチンと対面の壁に設えられた階段を上れば三部屋のゲストルームがある。二階にはゲスト用のバスルームもあるが少々手狭なので、今回は使わない予定でいた。屋上にあるプールも、今回は季節的に使えないだろう。

ゲストルームのひとつはすでに自分が根を張っている。あとの二部屋をどう割り振るかは、とりあえず後回しだ。リビングに全員分の荷物を運び入れたところで、

「お疲れ。ひと息つけよ」

ソファーを勧め、ウェルカムドリンクを手際よく仕上げる。三杯目までは予定どおりに淹《い》れ、四人目の好みを訊くべく口を開きかけたところで、思わぬ爆弾が投下された。

「何ここ、狭くない？」

細めた眼差しで室内を見渡しながら、アーウィンが不満げに唇を尖らせる。そういえばこいつかなりのお坊ちゃまらしいな……と、温人から伝え聞いた情報を思い出す。

そもそもは母が友人を招くためだけに建てた家なので、確かにそう広くはない。それでも大の男が四人でウロついても、不自由がないだけの設備とスペースは確保されている。それをウサギ小屋のように言われるのは心外だった。身なりや鼻持ちのならない言動から察するに、この小生意気な青年はかなりの家柄の出なのだろう。しかし。

（だから、どうした？）

このテのタイプは国を問わず、どこにでもいる。威斗の周りにも昔からよくいた。自意識過剰でステータスが命の、薄っぺらくて尊大な人種だ。自分がもっとも嫌うタイプでもある。

「気に入らないなら帰れよ」

誰かのフォローが入る前に、威斗は一言で切り捨てた。

売り言葉に買い言葉でそう返したわけではない、本心からだ。語学が堪能なのはけっこうなことだが、最低限の礼儀さえ持ち合わせていないのならここにいる資格はない。親睦会とはいえ、このメンツで一週間の共同生活を送るのだ。この調子では先行きも知れている。

突然の険悪な雰囲気に、ソファーで息を呑んでいた温人が「あ……」と小さく声を上げた。リビングの入口で立ち尽くしていたアーウィンが、踵を返して姿を消す。玄関の扉が閉まる音。前庭の枯葉を踏んで早足に遠ざかる足音に、温人が慌てたように腰を浮かした。

「あ、追いかけなきゃ……っ」

「大丈夫。俺がいくから」

それを制して立ち上がったのは、隣で涼しい顔をしていた真葵だった。温人を安心させるように肩に手を置いてから、「すぐ戻るよ」と余裕の笑みすら浮かべてリビングを出ていく。それを追う温人の視線が、いつになく揺らいでいたのを威斗は見逃さなかった。

遠のく足音を耳にしながら、温人用に淹れたラテをサイドテーブルまで運ぶ。

「悪いな、着いて早々」

「あ、うん……てか、めずらしいな。カイトがあんなふうに言うなんて」

「そうか？　礼儀知らずには厳しいよ、俺は」

「それにしたって……」

ほかに言い方があったんじゃないかと表情を曇らせる温人の向かいに腰を下ろすと、威斗はブラックを啜りながら、さてどうしたものか……と脚を組んだ。

（まあ、少しきつすぎたかもな）

出会ってまだ数分、あれは彼の一面にすぎないのかもしれないし、こちらに偏見がなかったとも言いきれない。何よりこんなふうに温人を落ち込ませるのは、威斗としても本意ではない。けれどこの先も彼があんな調子でいたとしたら、とても黙っていられる自信がない。

「長旅で疲れてるんだし、今日くらいは大目にみても」

「あの手合いは、甘やかすと図に乗る一方だぞ。へし折るなら早い方がいい」

だいたい意地を張って出ていくんなら、荷物も持って出るくらいの根性を持ち合わせろと言ってやりたい。誰かが追いかけてくるのを前提にした、その場しのぎの逃亡など茶番にすぎない。真葵の慣れた対応を見る限り、向こうでもこんな調子でいたのだろう。見知らぬ土地でそう遠くまでいくとも思えないから、いまごろは追いついた真葵が説得している頃合いだろうか。自分はともかく、温人がことのほか気にしているので早く戻ってきてもらいたいものだ。

「ただいま」

ほどなくして帰ってきた真葵が、膨れ面の礼儀知らずをリビングへと連行してきた。

叱られた子供のように真葵の背後でコートの裾をつかんでいたアーウィンが、威斗の方を見るなり気まずそうにそっぽを向く。それでも。

「……ごめんなさい」

消え入りそうな声で言うからには、多少の反省はしているのだろう。

温人があからさまにホッとした顔をする。いちおうは謝罪できたアーウィンを労《ねぎら》うように、真葵の手がくしゃりと亜麻色の髪を撫でた。その気安い仕草にまたしかし、温人の表情に翳《かげ》りが入る。

（おやおや）

小声で何か言い合う二人の様子にも、落ち着かなげな視線を注いでいる。

向こうでの彼らがどんな関係だったのかは知らないが、アウェイにおいて唯一の顔見知りである真葵が、いまはアーウィンにとって心のよりどころなのだろう。小声の応酬を最終的には英語の罵り合いに発展させながらも、真葵のコートを手放そうとはしない。腰巾着のように、のろのろと窓際までついてきたところでそれがようやく離れた。

「反省は次に活かせよ」

入れ違うようにしてソファーを立つと、威斗は華奢な背中にそう投げかけた。返事はなかったが、さっきよりは一歩前進したと思うことにする。リクエストには「ミルクティー」と返ってきたので、淹れ直したブラックとロイヤルミルクティーを手にソファーまで戻る。

「基本的に、自分の世話は自分でしろよ」

半分以上アーウィンに聞かせる気でそう前置きしてから、威斗は共同生活においてのルールと手順とをひととおり説明した。

朝食は当番制で、昼食は各自のタイミングで好きに取ること。夕飯は自分が腕を揮《ふる》うので、シェフ以外の三人で買い出し係を回すこと。夕食のリクエストや素材の好き嫌いは、早めに申し出るよう念を押しておく。定物定位で、使った物や設備は使用した本人が責任もって片づけること。

食費や諸々の経費は、一人頭一万円ずつ徴収して共同財布を作ることにした。その分でやりくりしながら、足りなくなった場合はその都度相談し、あまったら最終日に等分することで合意を得る。

最後に質疑を募ると、思案顔の真葵がすっと片手を挙げた。

「これは生徒会のイベントですよね。それらしいことは何もしないんですか」

「このメンツでか？」

ほかの役員がいるのならまだしも、このメンバーで深める親睦にどんな意味があるというのか。合宿とは名ばかりで、威斗としては単純に親友とそのオマケを別荘に招いただけの気でいた。

それもそうですね、と真葵が引き下がったところで買い出し係をジャンケンで決めてもらう。初日に負けたのは、真葵とアーウィンの年下組だった。

さっそく日が暮れる前に、別荘にあるチャリで最寄りのスーパーまでいってもらうことにする。必要な材料はメモにして渡したので、そのあたりは真葵が抜かりなくこなすだろう。

地図アプリで目的地を確認させてから、「迷子になんなよ」と二人を送り出す。

「おまえ、自転車乗れたっけ。三輪車、用意してもらうか」

「Don't give a fuck with me」

些細なことでまた口ゲンカしつつも、何だかんだ真葵の指示にはいまのところアーウィンも従っている。裏庭から出た二人が競うように林道を駆けていく姿を、温人の浮かなげな視線が追う。

「——それで？」

威斗は二杯めのラテを淹れて、ソファーで膝を抱えていた温人の前にマグカップを置いた。

「気にしてるみたいじゃねーか」

何がとは指摘せずに、自身も二杯めを手に温人の隣に腰を下ろす。所在なさげにもじもじと膝を擦り合わせていた温人が、やがて「……実はかなり」としょげた風情で肩を落とした。

「なんか、来るときは気づかなかったんだけど……仲いいよね、あの二人」

「みたいだな」

目に見えて親しいわけではないが、遠慮のない物言いは距離感の近さを物語っていた。くだらない口ゲンカも、互いの呼吸を知ったうえでそれなりに楽しんでいる節が窺える。二人の間に介在する一種独特の空気感を、温人としてはどう消化していいのか考えあぐねているらしい。

「向こうでの真葵の二年をさ、俺の知らない真葵を、彼は知ってるんだなぁとか思って」

「ふうん？」

自他ともに認める楽天家で、いつも前向きな温人にしてはずいぶん気弱な発言だ。

「あいつに、おまえ以外が見えてるとは思えないけどな」

気休めではなく率直な感想を述べると、温人も「まあね」と苦笑しながら首を竦めてみせた。

温人も、心変わりされる心配まではしていないはずだ。幼馴染みが帰国してからこっち、恋人として付き合いはじめるまでもそのあとも、真葵を狙う女子の影がちらつくたびにひそかに狼狽《うろた》えていたという温人だが、傍から見ていても笑えるくらい真葵が「ハルちゃん」しか眼中にないので心配はいつも杞憂に終わる。そういった場合と比べてみても、温人の反応は妙にナーバスだった。

「真葵がさ、あんなふうに素を見せる相手ってすごく少ないから」

両膝の間に顎を埋めながら、温人がぼそりと小声で零す。

(ああ、なるほどな)

温人が知る限り、真葵があれほど気安く接する相手は彼が初めてなのだろう。それが驚きでもあり、ショックでもあるわけだ。

「向こうでどんな関係だったにしろ、恋愛要素は皆無なんじゃねーの」

「うん、そうは思うんだけど」

「じゃあ、あれか。兄離れが寂しい的な?」

「……そういう感じなのかなぁ、これ」

割りきれないモヤモヤが顔に出たように、温人が何とも言えない表情で顔を上げる。

排他的で協調性のない真葵に友人ができてよかった、と無理やり納得して笑おうとはしない温人の素直さが、威斗には好ましく映る。くだらない見栄や意地で、温人は心を偽らない。等身大の自分をいつだって見失わず、真っ直ぐに見つめようとするのだ。

(こういう要素が、あのガキには足らないよな)

温人の対極に位置するような、青い目の意地っ張りの顔がふと脳裏をよぎる。

面と向かって指摘すれば、あーいう子供はますますむくれて意固地になる。わかっていてもつい口をはさんでしまう性分なもので、今日のような対立は今後も起こり得るだろう。そのたびに温人を心配させるのは忍びないけれど。

マグカップを空にして立ち上がると、威斗は「よっしゃ」とキッチンに入った。

「空腹だとよけい滅入るだろ。俺が美味いメシ作ってやらー」

「……おう!」

アシスタントに任命した温人とともにキッチン入りすると、威斗は下拵《したごしら》えに手をつけた。

(だーから、好き嫌いは申請しろって言ったろうが……)

本日二度目の調理でフライパンを揺すりながら、手早くオムレツを仕上げる。朝食用に調達したクロワッサンを同じ皿に盛りつけてから、残った隙間にイチゴを摘んだ小皿を載せる。

先ほど真葵から聞き出した苦手なものは、いっさい使っていないはずだ。

「ったく、手間かけさせんなっつーの」

そう零しながらも、味はいっさい妥協していない。

威斗としては夕飯のグリーンカレーもかなりの自信を持っていたのだが、絶賛してくれたのは温人ひとりだった。真葵も食べた瞬間には瞠目していたくせに、「普通に食べれますね」とか小生意気な感想しか口にしなかった。アーウィンに至ってはスプーンで掻き回すばかりで、けっきょく一口も食べなかった。箸使いは意外にも達者だったが、サラダもつつくだけで食べようとしないので「食べ物で遊ぶんなら出てけ」と威斗がレッドカードを出したのだ。

真葵曰く、あのガキはそうとうの偏食児らしい。

（いままで何食ってたんだ、あいつ）

部屋に引きこもったまま出てこようとしないアーウィンを温人が心配するので、もうじき日付も変わろうというのにこうしてまたキッチンに立つはめになったというわけだ。だが作るからには、完食せざるを得ないメニューを突き出してやりたい。

時間を考慮して好物のミルクティーではなくホットミルクをマグで添えると、威斗は一式を載せたトレーを手に階段を上った。アーウィンに割り振った部屋は、二階に上がってすぐの左手にある。その奥が真葵と温人の部屋で、威斗の陣取った部屋は右手の手前にある。——自分が下のメインルームを使い、上のゲストルームを一人ずつに割り振るという選択肢もあったのだが、母のための内装は悪夢を見そうな色彩だったし、どうせ一人部屋を宛がったところで、真葵は温人の部屋に転がり込むに違いない。お誂《あつら》え向きに、ゲストルームのベッドはどれもクイーンサイズだ。恋人たちが見境なく盛ったとしても安眠できるよう、威斗は廊下を挟んだ反対側を二人の部屋とした。

『声は小さめで頼むぞ』

『……っ、バカ！　するわけないだろっ』

というやり取りを先ほど温人としたばかりなので、今日のところはまだ静かかもしれないが明日以降はわからない。独善的な真葵のことだ、うまく仕掛けて温人を乗せたあと、最中の声を聞かせて挑発してくる可能性もある。

（それはそれでアリだけどな）

あの温人がどんな声を出して、悶えるのか。単純に興味はある。恋愛的な意味では吹っ切れているので威斗的にはウェルカムな展開だが、真隣のアーウィンにしたら堪ったものではないだろう。

「起きてるか」

ノックをしてから数秒待つも、中からの応答はない。もし各部屋に鍵がついていたら確実に施錠されていたろうが、生憎《あいにく》ゲストルームにそういった仕様はない。

入るぞ、と声をかけてから、威斗はレバーハンドルに手をかけた。

「――……っ」

返事がないのも道理だ。大音量のヘッドホンを慌てたように首までずり落とすと、アーウィンが素早く枕の下に何かを隠した。どうやら写真のようだった。異国の地で家族写真を見ていたとしたら。

（多少は可愛げがあるじゃないか）

内心だけで微笑みながら、隠した素振りには気づかなかったふりで威斗は入り口脇にあったチェストにトレーを乗せた。湯気の立つそれを見て、アーウィンが驚いたように目を丸くする。

「夜食だ。おまえ、けっきょく晩飯食ってねーだろ」

アーウィンが何か言うよりも早く、きゅるる……と腹の虫が鳴った。それを抑えようとするように、慌ててお腹を押さえたアーウィンが、恨めしげな視線を下腹部に向ける。

「置いとくから、食えよ」

うっすらと目元が赤いのは、もしや泣いていたからだろうか。余計なことは言わず消えようとしたところで、「あ……」とアーウィンが小さく声を上げた。脚を止めて視線を投げるも、目が合うなりかなりのオーバーアクションで派手に逸らされる。

「いいから食えって。温人が心配してっから」

そうつけ加えると、それがきっかけになったようにアーウィンが「……そんなの、べつに頼んでないし」とぼそぼそと可愛くないことを言いはじめた。なので威斗もつい、半眼で返してしまう。

「なら、食うな」

思った以上に冷たい声が出て、我ながら驚く。けれどいまさら取り繕うのも間が抜けてるので、威斗はそのままアーウィンの部屋をあとにした。――これがのちに騒動の元になるとは思いもせずに、シャワーを浴びてすぐ眠りにつく。

数時間後、威斗は温人によって揺り起こされた。

「カイト、起きて。アーウィンくんがいなくなっちゃった」

3

異変に気づいたのは、温人が最初だった。

朝方に目が覚めて水を飲みに出た際に、隣の部屋のドアが開け放されたままなのに気がついたのだ。呼びかけながら中を覗いてみるも、人影はない。その時点で温人は、真葵と峯岸を起こした。

室内にこれといった異常もなく荷物もあるので、時差ボケで眠れず早朝散歩でもしているんじゃないかと真葵は言った。子供じゃないんだからそのうち帰ってくるだろ、と峯岸も取り合う様子を見せなかったが、温人はなんだか胸騒ぎを覚えていた。

（でも……）

散歩であるにせよ、アーウィンとしては遠くまでいく予定もつもりもなかったと思うのだが、何しろ見知らぬ異国の地だ。迷子になっている可能性は高い。

どうやら携帯は持って出たようなので、真葵に連絡を頼んでみるも向こうの電波状況が悪いのか、一瞬コール音が鳴ってもすぐに途切れしてしまう有様だった。

くり返し通話を試す真葵の傍《かたわ》らで、峯岸もどこかへと電話をかけていた。近くにいる別荘の管理人に訊いてみたところ、見たことのない外国人の青年がふらふらと林の奥へと入り込んでいくのを見かけたという目撃証言を得る。けれどそれも、一時間以上前の情報だ。

「つーか、思いっきり反対方向じゃねーか」

舌打ちした峯岸が広げた地図で周辺を確認するも、細かな林道までは載っていない。点在する別荘同士を繋ぐ道も、車道に出るまでの道もどれも細くわかりにくいうえ、別荘地帯の風景はどこも似通っているので、昨日来たばかりのアーウィンには難易度の高い区域だと言えた。

「しゃーねえ。ちょっとチャリで流してくっから、留守番頼むな」

小さい頃からこの辺りを駆け回っていたという峯岸が、自転車の鍵を手にジャケットを羽織る。その手にはアーウィンの部屋にあったコートも握られていた。真葵がついさっき気がついたのだが、彼はどうやら上着を着ないで出てしまったようなのだ。早朝の冷え込みは甘くない。駅近くのファミレスなど、寒さを凌《しの》げる場所にうまくたどりついてくれていればいいのだが——。

「面倒かけやがって」

峯岸が慌ただしく玄関に向かう。その直後、真葵宛にアーウィンから着信が入った。引き止めて、という真葵のモーションに従って、温人はマッハで広い背中に追いついた。

「カイト待って、連絡きたっ」

「マジか」

場所さえわかれば迎えにいく、とすでに靴を履いていた峯岸が扉を背に待機する。ほどなくしてリビングで通話を終えた真葵が、なぜかピーコート姿で玄関に現れた。

「昨日いったスーパーの、軒先にいるそうです」

心得たとばかり玄関を開けようとした峯岸の肩に、バッシュを履いた真葵の手がかけられる。

「彼からの伝言で、あなたにだけは来て欲しくないそうです」

「あ？」

「俺がいいって言うんで、ちょっといってきます。――鍵、貸してください」

「……ほらよ」

鍵を受け取った真葵が、「すぐに戻るからね、ハルちゃん」と一度だけ振り返ってから足早に出ていく。おう、とそれを見送ってから、温人は取り残された峯岸としばし目を見合わせた。

「嫌われたな、カイト」

「だな。……ま、しゃーねえ」

「あ。でも、夜食は食べてくれたみたいだね」

食洗機にセットされていた一人分の皿を思い出して口にすると、威斗がちょっとだけ驚いたように目を丸くして見せた。

「――ふうん。食ったのか、あいつ」

意外そうな口ぶりから鑑《かんが》みるに、どうやら昨夜もその際に何か衝突があったらしい。

普段人あたりもよく面倒見のいい峯岸だが、なぜかアーウィンにだけは素っ気ない態度を取りがちだった。せっかくだから二人にも仲よくして欲しいと思うのだが、難しい話なのだろうか。

「そんじゃ、朝食も俺が作るとすっか」

ブーツを脱いだ峯岸が、やれやれとうなじを掻きながらリビングに戻る。キッチンでてきぱきと準備をはじめた峯岸の横で、温人は電気ケトルに規定量の水を満たした。ベーコンに包丁を入れていた峯岸が「冷蔵庫から卵取ってくれ」と温人の腕に軽く肘をあててくる。

「いくつ？」

「四つ。んな、モヤっとした顔してんなよ」

「……してる？」

「すごく」

「あー……」

卵を渡してからの峯岸の手際を、対面のカウンターに回って眺めながら温人は冴えない顔を両手で挟み込んだ。そのまま頬杖をつく。アーウィンが、真葵を頼るしかない状況だというのはよくわかっている。それを把握したうえで、真葵が動いていることも。それなのに。

自分以外の誰かにこんなに親身になる真葵、という構図にどうしても狼狽えてしまうのだ。

(二人の間に、何があって)

そんなふうに世話を焼く間柄になったのか。——無性に気になって仕方がない。

「じかに訊いてみろよ。温人に嫉妬されて大喜びだろ、あいつ」

「いやあ……、んー」

いつまでも悩みの種を抱えているのは、正直自分の性分ではない。

どんなふうに出会い、向こうでどんなことがあったのか、さっさと聞いてスッキリしてしまいたい気持ちはもちろんあるのだが、はたして「スッキリ」するのだろうか。聞いたらよけいに、モヤモヤしそうな気がしないでもないのだ。

幼馴染みであり、恋人でもある自分が入れない「二年間」の隙間がそこに在ることを、受け止める覚悟がいまひとつ足らないような気がする。

温人の欲目でなく、真葵はモテる。それも老若を問わず、ひっきりなしにだ。どうにか気を惹こうと躍起《やっき》になる異性が現れるたびに温人としてはつい気を揉んでしまうのだが、真葵がまともに取り合うことはなかった。

(むしろ、あんまり素っ気なさすぎて)

女の子にはもう少し優しくしたら、とほかならぬ温人が助言してしまったくらいだ。

それを真葵なりに解釈して実行しただけだとわかってはいたけれど、その後、クラスや委員会で女子たちとの会話を弾ませる真葵を見て、実はほんの少しだけへそを曲げていたのは内緒だ。今回の件を黙っていたのも、峯岸に頼まれたからというのがほとんどの理由ではあるが、そこまで仲良くしろとは言ってないじゃん……と拗ねていた部分も少なからずあったりする。

いま思えば、他愛ない微々たる悩みだ。真葵の気持ちが動くことはないと、これほど大切に思ってくれているのは自分だけだと、心のどこかではいつも安心している自分がいた。いまでもその根底は崩れないし、信じているけれど。でも――。

（情けないったらないな……）

自分の方が年上で、キャパシティも広い自信があったのだが、こうなってみるとぜんぜんである。

そういう不甲斐ない自分を真葵に知られるのも、ちょっと抵抗がある。

いまさらな面もあるけれど、真葵の前ではできるだけカッコいい自分でいたいのだ。

「もうちょっと、一人で悩んでみるよ」

「ん。話ならいつでも聞くからな」

ほい、と出来立ての朝食を目の前に出されて、現金にも腹の虫が鳴る。

「先、食っちまえ。帰ってきたらバタつきそうだからな」

「カイトは？」

「俺は風呂沸かしてくる」

先を見据えて動く峯岸の頼もしさに、自分のことで手いっぱいになっている己をしばし反省してから、いただきます、と温人はベーコンエッグにフォークを入れた。好みで選べるよう二種類出されたパンの中から、ロールパンを選んで皿に取る。それらをあらかた食べ終わったところで、「ただいま」という真葵の声が聞こえてきた。

（帰ってきた……っ）

口中にあった咀嚼《そしゃく》中のパンをカフェオレで流し込んでから、玄関へと駆けつける。

「おかえりっ、寒かったろ」

「まあね。俺はともかく、こっちはそうとう」

言いながら、真葵が背後を示した。昨日と同じように、コートの裾をつかみながら入ってきたアーウィンが目に見えて両肩を震わせている。顔色は白く、唇は紫色になりつつあった。

「わ、ちょ、大変……っ」

無理もない。真葵の持って出たコートをいまは着ているが、その下は部屋着に近い薄さだ。散歩のつもりだったとしても、こんな格好で外に出るなど無謀以外の何ものでもない。

「——ガキは先に風呂入れ。用意しといた」

リビングの手前にある洗面所から出てくるなり、凍えた体へと峯岸がバスタオルを投げつける。それを代わりにキャッチした真葵が、震える体を包んでバスルームへ連れていこうとする。

(え？　ていうか、そこまでおまえが面倒見るわけ？)

同じことを思ったらしい峯岸の突っ込みに、真葵が当然のように頷いてみせた。かじかんだ手ではうまく服も脱げないだろうから、と。

次の瞬間、温人は冷えきった腕を絡め取るように横から自身の腕を巻きつけていた。

「いいよ、俺がいく。真葵は向こうで朝メシ食ってろ」

「……そう？」

「そう」

押しきるように断言してから、ふらふらのアーウィンを脱衣所まで連れていく。服を脱ぐにも湯気で充たされた浴室の方がいいだろうと踏んで、温人は薄着の背中をバスルームへと押し込んだ。動かない指を介助して、服のボタン類を外していく。あとは脱ぐだけにしてコックを捻りシャワー温度を調節していると、ふいに真葵が「大丈夫？」と様子見に現れた。

上半身だけ脱いだアーウィンが振り返って、小声で真葵に何事か訴える。英語で応じた真葵が、安心させるように剝き出しの細い肩にすっと手を置いた。本人的には無意識なのだろうが、あんなふうに真葵が触れるのは信頼している相手に限られる。

その仕草で少しは安堵《あんど》を得たのか、アーウィンの表情がわずかにだが和《やわ》らいだ。

(彼にとっての真葵って、どんな存在なのかな)

つい真葵の心中ばかりを推し量っていたが、むしろ重要なのは彼の気持ちの方かもしれない。立ち去る真葵の背を見送ったブルークォーツの瞳が、こちらに向き直るなり不審げに傾いた。どうやら食い入るように見ていたらしい自分に気づいて、温人は覚悟を決めることにした。

「君は、真葵をどんなふうに思ってるの」

偽らずにぶつけた本心に、アーウィンがジーンズにかけていた手を止め、顔を上げる。

湯船とシャワーのおかげで、浴室内は煙るほどの湯気で充たされていた。そのせいでシルエットの動向は目視できるが、細かい表情までは読めない。バスタブの縁に腰かけ、シャワー温度を指先で確かめながら、温人はじっと華奢な痩身《そうしん》に目を凝らした。

「……気になるの」

「なるよ、もちろん」

恋人のことだし、と衒《てら》いなく口にしながら、温人はシャワーヘッドを湯船へと落とした。途端に水音が静まって、互いの声がクリアに聞こえるようになる。

一歩進み出たアーウィンが、さっきよりも確かな実体を湯気の中に浮かび上がらせた。

「彼と寝たことがある、って言ったらどうする？」

試すような調子で問われて、温人はしばし間を取ることにした。声がさらに距離を詰めてくる。

「マキは向こうじゃ人気あったよ。それこそ、男女関係なくね」

（うわ、やっぱり……）

アメリカでの様子は予想してもいたが、実際にそれを目の当たりにしていたろうアーウィンの言葉は真実味があって、さくっと胸に突き刺さるものがあった。

「そのうちの何人と寝たのかは知らないけど、僕もその一人かもしれないよ？」

なおも続いた言葉に心挟られそうになるも、ふと違和感を覚えて温人は湯気の中に目を凝らした。

「――そういうの知っても、あんたの気持ちは変わらないの」

近づいてきた青い瞳は、たじろぐほどの真っ直ぐさでこちらを見つめていた。けっして憎まれ口や嫌味ではなく、純粋に知りたがる子供のようなひたむきさだ。

思いがけず真剣な様子に、温人も誤魔化すことなく、自身の本心を見つめることにした。

「それが事実なら妬《や》くし、すげーへこむと思う。――でも」

「でも？」

「過去は過去だから」

（ああ、そうか）

言葉にした途端、胸の奥で引っかかっていた何かがストンと滑り落ちた気がした。過去に何があったとしても、大事なのはいまのほうだから。そこを見失うと何もかもが本末転倒になる。

いま現在の真葵の気持ちを、温人は知っている。それを疑ったことはない。

（なら、それで充分じゃん）

納得してしまった途端、真葵の「二年間」に感じていた葛藤が少しずつ崩れはじめた気がした。

温人の答えに、アーウィンがにわかには信じられないといったように眉を顰《ひそ》める。

「そんなふうに割りきれるもの？」

「んー割りきるっていうか。真葵が過去に何をしてても、それは真葵の自由だからさ」

「気にならないっていうの」

「いや、なるよ。ものすごくなるけど、でも気にしててもしょうがないっていうか」

温人の知らない真葵の二年間は同時に、真葵の知らない温人の二年間でもある。知らない空白があるのはお互いさまなのだ。

「――って、俺もいまわかったようなもんだけどね」

「俺とあいつに何かあったとしても平気なの？」

「君は、真葵が好きなの？」

肯定を覚悟して口にした言葉に、

「まさか！」

アーウィンはとんでもないとばかり、思いきり左右に首を振ってみせた。間髪入れずの全力否定に、思わず吹き出してしまう。

「え、ダメ？　けっこうカッコよくない？」

「どこが、あんな腹黒陰険ダヌキっ」

いっそ清々しいほどの言われように「あ、どうしよう。否定できない」と温人はしばしツボに入ったように笑い続けた。それを腕組みで見ていたアーウィンが「笑い事じゃないし」と、溜め息とともに肩を落とした。唇を尖らせたその様は、拗《す》ねていじけているようにも見えた。

（この子って、ホントはもっと表情豊かなんじゃないかな）

出会ってからこっちほとんど仏頂面しか見ていないが、何となくそんな気がした。ふと悪戯心が湧いて、バスタブから引き上げたシャワーの照準をまだ服を着たままのアーウィンにあてる。

「ちょ……ッ」

突然の暴挙に、いつも眇められがちだった瞳が一瞬でどんぐり眼になった。ぽっかり開いた口も子供じみていて、お得意の毒舌もすぐには出てこない。

「何するんだっ」

遅ればせながら逃げようとした体に手を伸ばすと、「捕まえた！」と自分もろともシャワーを浴びせかける。揉みあううちに、二人とも頭からずぶ濡れになった。

「やっべ、パンツまでびしょびしょんなった」

「……あんた、ホントに年上？」

からからと笑う温人の隣で、アーウィンが心底呆れたように鼻から息を抜く。湯遊びをしかけてからずっと迷惑げに顰められていた眉が、数秒のちにふっと緩んだ。

「あんたが好かれるの、ちょっとわかるかも」

「え？」

水音で掻き消された台詞を訊き返すと、アーウィンが首を振ってから肩を竦めてみせた。

「男の趣味、サイアクって言ったの」

「我ながらそう思うときもあるよ。でも、君と真葵もすごく仲いいよね」

「それは……っ」

共犯者だから、とアーウィンが唇だけでそう続ける。それには気づかずに、温人はバスタブの縁で脚を組みながら「んー」と考え深げに顎を押さえていた。

アーウィンが軽口を利いてくれるようになってこちらとしては嬉しい限りなのだが、できれば同じように仲良くして欲しい相手がもう一人いる。

「じゃあ、君の好みは？　たとえば、カイトとかどう思う？」

昨夜、何があったのかは知らないが、できることなら二人ともに歩みよって仲よくして欲しいと思う。だが、冗談交じりでそう口にした途端、

「――……っ」

ふいうちを食らったようにアーウィンが真っ赤になってしまう。

（あれ？）

あまりの変貌ぶりに驚いていると、「湯船使うから、出てって！」と温人は強引にバスルームから追い出されてしまった。

「えーと」

洗面台の大きな鏡に、ほかほかと湯気の立つ自分が映っている。それなりに頬も上気しているが、アーウィンの赤さはこの比ではなかった。もしかしなくても、これは。

「そういう、こと……？」

ここにきてからのアーウィンの言動を思い返してみる。自分に対してもだいぶあたりは強かったものの、峯岸に対する彼の態度はいちばん可愛くなかったように思う。

それらすべてが、気持ちの裏返しだったとしたら――。

「え……、すごいカワイイ」

そう呟いてから、甘酸っぱい青春の匂いに温人は思わず頬を緩めていた。

4

（ったく、人騒がせな……）

朝からの騒動で疲れた体を、ぐったりとソファーに横たわらせる。組んだ両手を枕にしながら、威斗は天井で回るシーリングファンに浮かない視線を留めた。

騒動の中心であるアーウィンは、シャワーを終えるなり自室に引きこもってしまったのでけっきょく今日はまともに顔を合わせていない。――真葵経由で聞いた話だが、今朝のあれは散歩ではなく家出のつもりだったというので、多少責任を感じなくもないのだ。

真葵から聞いたのはそればかりではない。コミュニケーション不全な性格はさておき、威斗に対してだけ妙に突っかかる姿勢を見せていたのにも理由があったというのだ。いずれもアーウィンと温人がバスルームに消えてから、カウンターで朝食を取りながら聞いた話だ。

『あいつの元カレに、そっくりなんですよね』

『俺が？』

『ええ。顔も、雰囲気も驚くほどに。そいつにこっぴどくフラれたんですよ』

だから、自分に対しての態度が悪いのかもしれないという見解に、威斗は単純に腹を立てた。

（とんだとばっちりじゃねーかっ）

誰に似ていようと、自分は自分だ。そんな見も知らないやつと混同されて、勝手にやつあたられるのはいい迷惑だ。真葵にはそう言った。

『ですよね。――でも、彼もつらい立場なんですよ』

向こうで何があって不登校に陥ったのか、真葵は明言しなかったが、そのベタ惚れしていた相手にフラれたのもどうやら関係があるようだ。

『彼のみならず、それまで信じていた何人もの相手に裏切られたようなものだから』

まだ人間不信から抜け出せずにいるんです、というフォローに「ずいぶん親身になるんだな」と威斗は率直な感想を述べてみた。脳裏には心配げな温人の顔がある。

『あいつはともかく、彼の両親には恩があるんで』

頼まれたからにはきちんと面倒を見る義務がある、と真葵は涼しげな顔で言いきってみせた。腹黒な策略家のいうことだから鵜呑みにはできないが、口実だけじゃない面もあるのだろう。

『笑うと可愛いんですよ、あいつも』

そうつけ加えたときの真葵の表情は、初めて見るほどに柔らかいものだった。

『おまえら、向こうで付き合ってたり……』

『しませんよ。ハルちゃんに変なこと吹き込むの、やめてくださいよ』

ひどく真剣に睨まれたので、温人の抱えているモヤモヤもそう遠からず解消するだろう。そんな威斗の感慨すら、けっきょくは杞憂に終わった。

バスルームで何があったのか知らないが、温人までがびしょ濡れで出てきて真葵と二人、思わず目を見合わせてしまったのだが、その後なぜか真葵以上に、温人は親身にアーウィンの世話を焼くようになった。吹っ切れたように表情も明るく、温人本来の朗らかさを取り戻している。

親友の懸念が晴れたのなら、威斗としても言うことはない。

アーウィンが閉じこもってすぐ、温人に朝食を運んでもらったのだが本人はすっかり眠りこけていたという話だ。時差ボケもあるだろうし、張っていた気が少し緩んだのかもしれない。

特に予定があったわけでもないので、午前中はのんびりすごすことになった。真葵が持ってきた昔の映画を暇つぶしに見ることになり、ソファーに横たわったものの。

「カイト、この映画ってさ」

「……ん？　悪い、聞いてなかった」

話しかけられるたびにいちおう画面まで視線を戻すのだが、気づくとぼんやり天井を見ている有様だった。映画鑑賞は趣味のひとつだし、大作からミニシアター系までわりと手広く観る方だ。テレンス・マリックの映像を彷彿《ほうふつ》とさせるような抒情《じょじょう》的な冒頭には引き込まれたのだが、どうも今日の自分には集中力がない。真面目に観ている温人たちを邪魔しても悪いので、

「俺、ちょっと横になるわ」

家出騒動のせいで早起きだったことを理由に、威斗は映画が終わる前にソファーを立った。

昼食は各自の好きにしてあるし、午後の買い出しも今日は温人たちが請け負うというので、自分は

しばらくお役御免だ。部屋に帰るなり、威斗はベッドに身を投げ出した。だが、ソファーでは少しウトウトしていたのだが、いざシーツに横たわってみると意外なほどに眠くない。かと言って、起き上がって何かをしようという気にもならない。

（読書って気分でもねーしな）

こうなったら、旅先で予定もなく寝転がっていられる贅沢を満喫するしかないだろう。

ゴロゴロと転がるうち、ほどなくして緩やかな睡魔が訪れた。ゆっくりと眠りに引き込まれながら、廊下を隔てた向かい側で同じように眠っているだろう横顔を何となく思い浮かべた。

この時間に熟睡されては夕飯の時間がまたずれるではないかと憂慮《ゆうりょ》しつつ、これから寝ようとしている自分も同罪なことに気がついて内心だけで苦笑する。

（まあ、いっか）

たとえ時間が合わなくても、食べたいという要請があればキッチンに入るのはやぶさかではない。昨夜の食事は完食したようなので、素材さえ間違わなければ今度もぺろりと平らげさせる自信がある。卵や乳製品は平気だが、魚介と豚と牛がアウトで野菜も大半が苦手。縛りで言うとなかなかに難易度の高いミッションになるが、その分、気概も湧いてくる。

自分の作ったものを誰かが美味しそうに食べてくれる、その光景が威斗は昔から好きだった。将来の候補として「料理人」も悪くないと、一時は真剣に検討していたくらいだ。

あの仏頂面が、自分の料理で綻ぶところを見てみたい、と思う。真葵曰く、笑顔は可愛いらしいのでどうせならそれを見てやりたいものだ。

（……そういや）

真葵から聞いたときはそのまま流してしまったけれど、アーウィンが同性と付き合っていたという事実に改めて思い至る。関係を持っていたということは、その相手はもっといろんなあいつの顔を知っているということだ。自分似だという彼氏は、あいつをどんなふうに扱っていたのだろうか。

一瞬想像しかけて、いや、どうでもいいな……と思い直す。夢に落ちる間際というのは、本当にどうでもいいことを考えてしまうものだ。あともう少しで眠れそうだ、というところで。

カタン、という小さな音に意識の半分だけがふっと浮上する。

目は開かないが、誰かがこの部屋に入ってきたのは気配だけで察知できた。シャワージェルの匂いが鼻をくすぐる。温人だろうか。何か用事があって来たのかと思うも、まだ目は開かない。

（——いや、違うな）

威斗はすぐに思い違いに気づいた。息を潜めるようにして近づいてくる気配——。

どうやら相手は、もう一人の風呂上がりの方らしい。寝顔を眺めるとは趣味の悪いやつだと思いながら、うっかりタイミングを逃してしまったのでそのまま寝たフリを続けることにする。

いったい何のつもりなのか、傍らに佇んでいた気配がおもむろにスプリングを軋《きし》ませてきた。枕元に手をついて、少しずつ覆い被さってくる。何をする気なのかと思えば。

唇に、小鳥のようなキスを置いていかれた。

自分がしたことに動揺するような間があってから、慌てたように足音が遠のいてく。扉が閉まり、完全に気配が消えてから――。

「なんだよ、いまの」

威斗は目を開くなり、低くぼやいた。

(元カレに未練があるってか?)

そうとしか思えない挙動に溜め息をついてから、派手な溜め息をシーツに転がす。ほんのりと体温の残っている唇を指先で摘まみながら、威斗は胡乱《うろん》な眼差しで天井を睨みつけた。

「……身代わりはごめんだぜ」

他人を重ねられて、喜ぶ人間などいないだろう。アーウィンが元カレを引きずっていようが、それは威斗には関係のない話だ。虚像を求められても困るし、演じる気もない。

(あの場でそう言ってやればよかった)

頭ではそう思うものの、体は裏腹というか。キスの直後に、薄目で見たアーウィンの顔があまりに印象的で、動かなかったというよりも動けなかったのだ。自分のしたことに頬を染めて恥じらいながら、それでも堪えきれない気持ちに唇を噛み締めて耐えるような、健気な表情に魅入られていた。

これまでがこれまでだったから、可愛いとさえ思った。でも、あれは自分に向けられたものではないのだ。そう思うと、よけいに腹立たしさが増す。

「やれやれ……」

いずれにしろ、問題はあいつのもので自分には関係のない話だ。

自身のスタンスを取り戻したところで、威斗はその後一時間ほど昼寝に費やした。――この一件がはたして尾を引いたのか、それとも違う理由があるのか、アーウィンはけっきょく夕飯の時間になっても降りてこなかった。

「んじゃ、頼むな」

三人での夕食を終え、トレーに載せた一人前を温人に託してから、威斗は早めにベッドに入った。寝つきはいい方なのだが、その日は何度も夜中に目が覚めた。ベッドの傍らであいつが泣いているような気がしてハッと目覚めるのだが、むろんそんなのは夢にすぎない。

(眠りが浅いな……)

寝た気がしないまま朝を迎えて、威斗は温人が作った朝食に手を合わせた。

今朝はパンケーキの山に、トッピングの嵐だ。久しぶりに四人揃った席で、アーウィンも大人しくフォークを動かしていた。向かいの席でもくもくと、ホイップ塗れのパンケーキを食している端整な面立ちをじっと見つめる。その視線がうるさいように一度だけ顔を上げると、

「あんたの料理より、うまい」

憎まれ口を叩かれて、カチンとくる。言うに事欠いてそれか、このヤロウ。イラッとしたので、手を伸ばしてホイップの上に蜂蜜を回しかけてやった。メープルならいけるが、蜂蜜は苦手だと真葵には聞いている。てきめんに硬直したアーウィンが、きっと睨みつけてくる。

「あんたの性格は複雑骨折してるっ」

「ああ、そーかよ。おまえほどじゃねーっつーの」

威斗の返しに、本気でわからないといった顔で首を捻《ひね》るのがよけいにムカつく。昨日の可愛げはどこにいったんだと言いたくなる態度に、威斗は不機嫌なまま朝食を終えた。

いつもならさっさと部屋に引き上げるくせに、今朝はめずらしく、温人を手伝ってあと片づけにまで参加している。バスルームの一件以来、温人にはずいぶん懐いているようだ。笑顔は見せないものの、当初に比べたら驚くほど柔らかい表情で接しているアーウィンの様子をソファーから観察していると、目が合うなり半眼で凄まれた。マジで可愛くない。真葵に対しても相変わらずの態度だが、あれは馴れが産む気安さだ。どうやら威斗にだけは、やっぱり心を開く気がないらしい。

（昨日の件は何だったんだ）

そう思いたくなるようなすげない態度の数々を、その後もことあるごとに披露された。意識されているというよりも、本気で煙たがられているような言動は、昨日のアレの方が夢だったんじゃないかと錯覚しそうになるほどだった。

昼近くになって、二日連続買い出し係になった温人と真葵のコンビが家を出ていく。今日のランチは外で取るのだという。その途端、威斗を避けるようにアーウィンが部屋に引きこもった。このまま放っておくという手もあったが、このタイミングで二人きりというのも何かの配剤だ。一度話をしてみるか、と威斗はアーウィンの部屋を訪れることにした。

二度ほどノックしてから、耳を澄ます。応答はなかった。またヘッドホンでもしているのかもしれない。念のため、もう一度大きめにノックしてみたところで、

「アーウィン？」

中からうめき声が聞こえた気がして、威斗は考える間もなく飛び込んでいた。

はたしてベッドの上には。

「み、見ないで……っ」

愛らしい羊の「ミミ」を生やしたアーウィンがいた――。

5

「アーウィンくんが、カイトをねぇ」

窓辺のテーブルで頬杖をつきながら、温人は昨日初めて知った事実をぽろりと口にした。

いったいいつリサーチしたのか、駅から少し離れたところに雰囲気のいい店がある、と真葵が連れてきてくれたのは自家製ベーグルを売りにした瀟洒《しょうしゃ》なカフェだった。明日の朝食用のベーグルを仕入れるついでに、ここでランチを取ろうという真葵の提案に温人は一も二もなく乗った。

世間的にはシーズンオフだからか、店内に自分たち以外の客はいない。窓辺ですでに平らげたガレットの皿を囲みながら、温人は木漏れ日の差し込むデッキをガラス越しに眺めた。

昨日、威斗が昼寝で引き上げるなり真葵に確認したところ、彼の思い人は確かに峯岸なのだという。しかもずいぶん年季が入っているらしく、ゆうに十年越しのレベルに達するらしい。

真葵がそれを知ったのはごく最近で、近況を知らせるメールで学校での写真を何枚か送ったところ、そのうちの一枚に峯岸を見つけたアーウィンから、真夜中にもかかわらず電話がかかってきたのだという。これはもしや、カイト・ミネギシではないかと――。

詳しい出会いなどは聞いていないらしいが、アーウィン自身は小さい頃に峯岸と会ったことがあり、その時点でひと目惚れをして、ずっと忘れられずにいたのだという。

名前だけは覚えていたのでインターネットを通じて彼を探したところ、サッカー関連のサイトがヒット。それ以来ひそかに情報だけは追っていたのだが、ある時期を境にふつりとそれが途絶えてしまい、途方に暮れていたおりの真葵からのメールだったらしい。峯岸の情報を見失ったのと時をほぼ同じくして、学校であった事件がきっかけで不登校になり、この一年は真葵くらいとしかまともにやりとりをしていないというアーウィンを真葵なりに思いやった結果、この合宿に連れていこうという結論に達したのだろう。そもそも日本に呼んで峯岸と会わせるチャンスを狙っていたので、この話は渡りに船だったとも聞いた。

「あの性格だから、すんなりうまくいくとは思ってないけど」

「あー、うん」

「俺にできるのはこれくらいだから」

両親にもよろしくって頼まれてるしね、と真葵としてはそちらがメインかのような口ぶりで話を結んでしまう。怜悧な面立ちを上目遣いに見つめながら、

「真葵とアーウィンくんって、仲いいよね。ちょっと妬けちゃうくらい」

ちょっとした探りのつもりで突っ込んでみると、真葵が心底嫌そうな顔で深い溜め息をついた。つい最近似たような表情をどこかで見たなと思ったら、バスルームでのアーウィンだ。

「――よくないよ、ぜんぜん。ワガママだし態度も口も悪いし、親繋がりで縁がなかったら、ぜったいに近づきたくないタイプだよ」

「そうなの？　でも真葵が誰かに素で接するのなんて、初めて見たよ」

「まあ、遠慮はいらないからね」

家族ぐるみで世話になる家の息子だからと、最初のうちは得意の外面で対応していたものの、アーウィンがいろいろとひねくれていたもので真葵も途中から対処を変えたのだという。

「気の置けない友人同士みたいに見えるけど」

「そんなんじゃないよ。もっとドライで、互いを利用し合うような関係だよ」

真葵はそんなふうに言うが、帰国してからも彼とだけは密に連絡を取っていたみたいなので、口に出して認めたくはないが、それなりに信頼し合っている仲なのではないだろうか。

「あいつに貸しを作るには、いい機会だと思ったんだよね」

そんな言い分も、はたしてどこまでが本心なのか——。温人としては二人の交友を、今後とも温かい目で見守りたいと思う。

「それにしても彼の気持ち、峯岸にはぜんぜん伝わってないよね」

「真逆の態度しか取ってないからね」

初日の一幕は緊張のあまり、口をついて出たのがあの暴言だったのだという。峯岸に冷たくされて逃亡したのは、翌日も含めて二回。そのたびに「もう嫌われた……」と泣き言を漏らすアーウィンを励ますのは骨が折れたと、真葵は首を竦めながら苦笑してみせた。

「この先、どうなるかはあいつ次第だけど」

「んー、前途多難かもねぇ……」

彼の気持ちを知ってしまえば、数々の言動も騒動も可愛らしく見えてくるのだが、何も知らない峯岸からしたら、いまのところ人騒がせな相手でしかないかもしれない。

「ハルちゃんも、できるだけ協力してくれる？」

「もちろん！」

手はじめに、意地っ張りなアーウィンが少しでも素直になれるよう、二人きりの時間をなるべく作ってあげたいと提案されて、その話にも温人はすぐさま乗った。買い物は夕方までに終わらせればいいので、それまでの時間をどうつぶすか。アウトレットモールでショッピングという手もあるが。

「あ、サイクリングとかよくね？」

健全な選択肢を挙げた温人に、ふ……と真葵が意味深な笑みを浮かべた。その直後に、

「……ッ！」

覚えのある悪寒に襲われて、温人は一気に全身の肌を粟立てた。

(これ……っ)

「──効いてきたみたいだね」

震えの止まらない肩を両手で抱き締めたところで、真葵が残っていたカプチーノを飲み干す。先に立って会計を済ませると、涼しい顔で戻ってきた真葵が温人にパーカーのフードを被せた。

「おまえ、このためにこれ着ろって……」

「そうだよ。おかげでいま、助かったでしょ」

ゾクゾクっと、痺《しび》れるような震えが背筋を駆け上がっていく。

首筋に達したそれがこめかみまで走って、耳元がカアッと熱くなる。こうなってしまってはもう抗いようがないことを、温人はよく知っている。

「……っ、ぁ」

両耳を引っ張られるような感覚に目を瞑《つむ》って耐えると、すぐに柔らかな感触が左右の頬に触れた。

真葵のせいですっかり馴染みの感触になってしまった、真っ白いラビットファーだ。

「な、んで……」

かすれた声で訊ねると、真葵が優等生の笑みをわざとらしく綻ばせた。

「ハルちゃん、俺のお願い聞くって言ったよね？」

「あれはもう、聞いたろ……っ」

温人の認識としては、『合宿に真葵を連れていく』『真葵の友人も同行させる』でふたつクリアした気でいたのだが、真葵曰く——。

「ハルちゃんが叶えてくれたのはひとつだけだよ」

役員になるって条件を呑んだ時点で、ひとつめに関してはイーブンだというのだ。

「だから、いまからふたつめの願いを叶えてくれる？　大丈夫、すごく簡単なことだから」

という真葵の言葉に、温人はもはやまともな応答すら返せなかった。

（これ……中和剤だけじゃない……っ）

こちらも覚えのある感覚に、温人は泣きたい気持ちで傍らの真葵を見上げた。

差し出された手につかまらないことには、この椅子から立ち上がることすらできそうにない。だが、つかんだが最後、真葵の願いを聞かざるを得ない状況になるのは確実だ。こんな薬を盛るからには、願いの内容もだいたい想像がつく。

「そんなにしたいのかよ」

「俺はしたいよ、いつだってね」

「でも、するったってそんな場所……」

「平気、ホテルを取ってあるから」

「……おまえね」

真葵の返しに、温人はフードの上からこめかみを押さえた。

もっともここまで薬が回ってしまった以上、温人もしないで済む方法があるとは思っていない。だが汚いやり口に屈するのは……。そんな葛藤をはたして読み取ったのか。

「それとも別荘に帰ってする？」

と言われて、温人は観念して真葵の手をつかんだ。

モールにほど近い外資系のホテルに、真葵はあらかじめ予約を入れていたらしい。聞けばここの経営にアーウィンの実家が絡んでいるらしく、このために口を利いてもらったのだという。

「交換条件のひとつとして、頼んでおいたんだ」

その言葉の真意もわからぬままに、温人は部屋に入るなりオオカミ耳を生やした真葵にぺろりと食べられた。コネを活かしたせっかくのセミスイートなのに、ベッドにたどり着く前に扉を背に声を殺して一回。服もろくに脱がないまま、今度は壁に手をついて後ろから迫られること一回。

「あっ、真葵……っ、そこイイ……ッ」

「ハルちゃんの中、本当にすごく……気持ちいいよ……」

シャワーも使わないまま、ようやく到達できたベッドであられもなく脚を開きながら、今度は正常位で真葵を受け入れる。ホルモンバランスが影響するのか、ミミを生やした真葵はいつもよりさらに精力的で、達してもすぐには萎えない絶倫ぶりを発揮する。

「あ、も、だめ……っ、イ、く……っ」

「いいよ、ハルちゃん。何度でもイかせてあげる」

前立腺をしつこく穿つ腰の動きはそのままに、薬のせいで過敏になっている屹立を真葵の手がきつめの握りできゅうきゅうと扱き上げてくる。

「ひあっ、バカ……っ、搾るな、っあァ……ン、アァ、っ……は」

「すごいよ、ハルちゃん……そんなに締めつけられたら、俺も我慢できない……」

腰の動きが貪るような打ちつけに変わり、打擲《ちょうちゃく》音と温人の嬌声とがさらに大きくなる。律動に合わせた摩擦に翻弄されながら、温人は背筋を反らして三度目の絶頂を迎えた。

「あァ――……っ、ンん……っ」

少し遅れてイッた真葵が、寸前で抜き出して温人の腹にどろりとした白濁を吐き出す。それを最後まで搾り出してもなお、真葵の屹立は信じがたい角度で上を向いていた。

自身が吐き出したものと合わせて、粘液を胸に塗り広げていたところで、真葵の手に抱き起こされて後ろ抱きにされる。真葵のカタチにすっかり馴染んだ窄まりが、待っていたようにまた屹立を呑み込んでしまった。

「ん、ん……ぁ、あ」

緩やかなグラインドで中を掻き回されながら、背後から回ってきた両手に胸の尖りをふたつとも捕らわれる。充血してそそり立ったスイッチを乱暴につまんで揉みしだかれると、それだけで先端が甘く蕩けそうになる。まだ緩くしか持ち直していないソレが完全に上を向くまで、真葵は首筋に吸いつきながらの三点責めを続けた。

「あ、すご……ぜんぶ、気持ちぃ……」

「まだ足りないよ、ハルちゃん」

さすがにそれだけではマックスに至らないことを知っている真葵が、頃合いを見て右手を下げてくる。とろとろと、ひっきりなしに粘液を垂らしていた先端だけを握られて。

「あっ、ア、ぁあ……っ」

裏筋だけを執拗に擦られる。軽く爪まで立てられて、時折りピュッと粘液がしぶいた。それを親指の腹で塗り広げられるのも悦くて、温人は真葵の胸板にミミを擦りつけながら甘い声を上げ続けた。

首筋を離れた唇が、揺れていたそれを咥えて内側の薄い皮膚に舌を這わせてくる。

「ヒァ……ッ」

それだけでくぷくぷと込み上げてきた粘液を、今度は押し戻すように蜜口を弄られた。同時にミミにまで歯を立てられて、透明だったそれにじわじわと濁りが入りはじめる。

「あ、ぁ……っ、ん……っ」

体のあちこちを摘まれ、啄まれ、硬い指や歯に弄ばれて。

真葵の腕の中で、ただ噎《むせ》び泣くしかなかった。

「あっ、イく……っ、また、イく……ぅ、イッちゃ、う……ッ」

先端だけを弄られていたせいか、うっかりドライのスイッチが入ってしまう。

「ひっ、あっ、嘘……っ、止まん、なぁ……っ」

「ここから、もっとよくなるよ？」

感じて堪らない肉壁をガツガツと貪るように掘られて、イッてる最中なのにまた新たな絶頂の渦へと放り込まれた。止まない快感に、ガクガクと前後に腰が振れてしまう。

（や、ば……っ、マジで止まんな……ぁっ）

ぱっくりと口を開いた先端からトロトロと粘液を零しながら、温人はあまりの気持ちよさに忘我の域にいた。だらしなく開きっ放しの唇からも、唾液が溢れて自身の胸に糸を引く。

――気づけばほんの数分、もしくは数十分、完全に意識が飛んでいたようだ。奥で出された感触に身を震わせながら目を開けると、ようやく気の済んだらしい真葵が、温人の中からぬるりと屹立を抜き出すところだった。

「洗ってあげるね、ハルちゃん」

中に入れたままにしておくのはよくないから、と真葵がふらつく温人を支えながらバスルームへと連れていってくれる。だったら最初から中に出さなければいいのに……と思いつつ、温人は大人しく真葵の指示に従った。

壁に手をついて立った温人の後孔に、真葵が指を入れて丁寧に中身を掻き出していく。感じるスポットに時折り触れはするものの、それ以上の刺激は加えてこないことに温人は内心ホッとしていた。どうやら真葵を満足させることには成功したらしい。立て続けにした三回の行為で、肝心の「使命」の方も何となくはたした気でいたのだが。

「ところでハルちゃん、俺のお願いなんだけど――」

中を弄りながら、真葵が背後からとんでもないミッションを吹き込んでくる。

「む、無理だって……っ」

想像を絶した内容に、温人は即座に却下した。

とてもじゃないが了承できる内容ではない。それは真葵もわかっているのだろう。温人が弱いと知っているか細げな声を選んで、吐息とともに哀願してくる。

「どうしても、だめ……？」

ゆるゆると出入りしていた中の指が、おもむろに二本に増やされた。ゆっくりと奥まで押し込まれた長い指が、白濁を絡め取りながら抜き出される。

「あぁァ……ッ」

それが固くしこった前立腺の上でいきなり鉤《かぎ》状に変えられた。そこだけを重点的に責めるように、何度か前後されて、温人の分身がぴくぴくと先端を揺らしはじめる。

「大丈夫。見るだけだから」

温人を安心させるように、真葵の声が何度もそうくり返すが。

(それが何より恥ずかしいんだっつーの……っ)

温人は内心だけでそう叫んだ。考えただけで、羞恥で気絶できるほどの話だ。

ミッションのために勃たせすぎてはまずいと判断したのか、真葵の指がぬるっと抜けていく。それに安堵したのも束の間、今度は臨戦状態の真葵自身をいきなり奥まで詰め込まれた。

「なっ、バカ……っ」

そうされたことで逃げ場をなくしたことに、いまさらながら気づく。タッパの違う真葵に後ろから思いきり突き上げられると、温人は爪先立ちにならざるを得ない。

不安定な体勢を強いられながら、続く真葵の攻勢に温人は耐えなければならなかった。

前に回された真葵の両手が、温人の腹部をつるりと撫でてくる。心もち膨らんだ丸みを愛でるように撫で回しながら、真葵が哀切な調子でなおも囁いてくる。

「お願いハルちゃん、見せて」

「だめ、そんなの無理だって……」

「でも、もう我慢できないでしょう？　ここにいっぱい溜まってるの、わかるよ」

「あっ、バカ、押すな……っ」

真葵の掌が、下腹部にぐっと押しつけられた。

（や、ば……）

それまであまり意識していなかった尿意が急激に込み上げてくる。唇を噛んでそれに耐えていると、真葵が緩い前後で腰を打ちつけはじめた。寸前にドライばかりを強制されたからか、ほとんど勢いのない温人の持ち物を同時に利き手でするりと持ち上げられる。

「それともう一回、白い方をここから出したい？　いいよ、このままハルちゃんの好きなところたくさん擦って、栗立つくらい突いてあげる。前もいっぱい弄ってあげるね。ほら、この割れ目に指入れて、中からじかに掻き出してあげようか。きっとすごく気持ちいいよ」

「ンっ、ァあ……っ」

わざとらしく卑猥《ひわい》な言葉ばかりを選んで、体の前後をゆるゆると嬲られる。

「ああ、ほら。先がヒクヒクしてるのわかるよ。ねえ、白い方にする？　でもそしたら、もっとトイレいきたくなっちゃうかもね。どうしようか」

真葵の指が的確にとらえた膀胱《ぼうこう》をぐぐっと押してくる。それだけで漏れそうになって腹部に力を込めると、緩く出入りしていた屹立が中でさらに育つのがわかった。

「ねえ、どっちにする？　このままじゃつらいだけだよ。先に済ませて楽になった方がよくない？」

「この、変態……ッ」

「いまさらでしょ、ハルちゃん。――あ、いま少し出たよ。ねえほら、このまま出しちゃおうか」

ぐっぐっと断続的な指圧に襲われて、ついには堪えきれなくなる。

（もう、だめだ……っ）

「――……ッ」

限界を超えて溢れ出したものが、支えていた真葵の指を濡らしはじめた。我慢しすぎた結果なのか、勢いのないそれがたらたらとバスルームの床を汚していく。

「ハルちゃん、すごくエッチだよ」

漏らしはじめた途端、真葵の指が過敏な先端をなぞって余計な刺激を与えてくる。

「バ、バカ……触んな……っ」

「可愛い、ハルちゃん……」

うっとりとした声で囁きながら、真葵がついには両手で温人の屹立を撫で回しはじめた。

律動に合わせて断続的に太くなる流れを、堰き止めるように指先で割れ目を擦られる。

「ちょ、だめだって……っ」

「少し硬くなってきちゃったね。このままぜんぶ出せるかな。それとも」

「あっ、やっ、ひぁ……ッ」

緩やかだった突き上げが、急に激しさを増して熟れた中をめちゃくちゃに掻き回してくる。先端を留めていた親指で中の芯を擦るようにぐりぐりされて、温人は切羽詰まった悲鳴を上げた。もはや自分が囚われているのは尿意なのか、それとも射精感なのかわからなくなってくる。

擦られ続けている蜜口から、いま溢れているのはどっちなのか。

「ハルちゃんのお漏らし、本当に素敵だよ」

「ば、か……ッ」

アブノーマルな倒錯的快楽に、いまにも意識がさらわれそうなぎりぎりで温人は必死に耐えた。一度は止んだ滴りが、ほどなくしてまた真葵の指を濡らしはじめる。

「――すごいねハルちゃん。これ、どっちでもないよ」

「え……っ」

バスルームの壁に熱い迸《ほとばし》りが散った。

(なに、これ……っ)

射精と変わらない快感に喉を喘がせながら、ちっとも終わる気配のないそれに身悶えする。

ウエットなのにイき続ける感覚に、足腰が立たず崩れそうになると。

「ハルちゃんさいこう……大好き……っ」

真葵が温人の片膝をすくって、ラストスパートをかけてきた。より開いた隙間にえぐるように突き込まれて、温人は失神寸前になりながら、初めて知る感覚にどっぷりと溺れた。


約束をはたした温人が別荘に帰れたのは、日も暮れてだいぶ経ってからだった。

6

いったい何があったのか、ベッドの上でアーウィンが涙目になっている。

両手で必死に隠そうとしている「ミミ」は、形状からいってヒツジ系だろう。

「や……っ」

威斗と目が合うなり慌てて、毛布を剝《は》いで中に潜り込もうとするも、なかなかうまくいかない。その間、ぴろんと左右に垂れた白い耳が無防備な状態で晒されてしまう。

「なんでミミ生えてんだ、おまえ」

思わず口をついて出た疑問に、さらにアーウィンが泣きそうな顔になる。強がる余裕はいっさいないらしい。あまりに必死なその様子に、つい見入ってしまう。

「み、見るなってば……！」

投げつけられた枕が扉脇の壁にあたるのを目線だけで追ってから、威斗はそう滅多に見られるものではない第二次性徴期のミミに興味本位の視線を注いだ。一般的にこの年になってから出るミミは「欲求不満」の徴《しるし》とされるが、アーウィンの場合もそれなのだろうか。ためしにそう訊いてみると、羞恥で歪んだ顔が悲哀に塗れたものになった。

「これは、違……っ」

「どう違うんだよ」

一歩近づくと、両肩を跳ね上がらせながら懸命にシーツまで引っ張り上げようとする。その中に隠れようとしたところで、ミミが擦れたのか。

「あ、ァ……っ」

なんとも悩ましい声を上げて、そのままへなへなと崩れ落ちてしまった。

ミミは感じやすいと聞くが、それにしてもずいぶん過敏なようだ。威斗が最後にミミを出したのは四歳のときなので、残念ながら確かな記憶はほとんどない。欧米では知らないが、日本ではほとんどの子供が服用期間内に抑制剤を飲むので、こういう場面に出くわすこともそうない。

ミミの刺激がそうとうだったのか、アーウィンはいまだ体を起こせずにいた。ぴくぴくと断続的に震える体が、官能の強さを物語るようだ。

さてどうしたものかと、うなじに手をやりながらしばし考える。だが、それも束の間。

(あー……そういうことか)

自身の身にも兆しが現れて、威斗は事の次第を呑み込めた気がした。

抑制剤の効果を「中和」する薬があることは、威斗も知っている。服用すると数時間だけ、本人の意思や欲求に関係なくミミが出てしまうのだという。日本ではまだあまり出回っていないと聞いていたが、ミミを出すのがブームになっている国では容易に手に入る代物らしい。不思議なもので日本ではタブー視されがちな思春期のミミだが、アメリカでは逆にクールだと思われていると聞く。

ここまで恥じらっているアーウィンが自ら服用したとは考えにくいので、誰の仕業かは一目瞭然だった。温人が作った朝食のどれかに、あの相方が中和剤を混入させたに違いない。

「ったく、何考えてんだかな……」

こめかみのあたりが急に熱くなったかと思うや、誰かに耳を引っ張られているような感覚に見舞われる。ほんの数秒後には、威斗もミミを出現させていた。ミミを出すのは十年以上ぶりだが、これといった感慨はあまり湧かない。

（ふうん）

被毛のせいで肉厚に感じられる丸耳を、ためしに自身の手で触ってみる。確かにいつもの耳よりは敏感であるものの、崩れ落ちるほどの官能にはほど遠かった。どうやらアーウィンの場合、中和剤以外にも何か、媚薬的なものを盛られている可能性が高い。スモーキーブラウンの髪の間から黄褐色のミミを覗かせながら、威斗はふむ、と目の前の仔羊に目を留めた。

百獣の王のミミを持つ身としては、獲物を逃す手はないような気もするが。

「で、どうするよ？」

ようやく顔を上げたアーウィンに答えを求めると、そこでようやくこちらの変化に気がついたのか、小さく開いた口が「あ……」とかすれた声を上げた。驚きのせいか見開かれていた瞳が、ややして切なげに揺れはじめる。羞恥だけで染められていた表情に、ほんのりとだが色気が浮き上がった。

（……なるほど）

自分が知っていたアーウィンの顔なんて、ほんの一部にすぎないんだなと実感する。

さっきまでの泣きそうな顔も、恥ずかしくていたたまれなさそうな顔も、こんなふうに切なげな顔も元カレは見放題だったんだなと思いついて、なんとなく面白くない気持ちになる。

もう一歩踏み出してみると、途端にアーウィンの顔が見知った険しいものに変わった。

「くるなよっ」

痩せ我慢だとひと目でわかる調子ながら、眇めた眼差しを一心にぶつけてくる。これが温人や真葵だったら、また態度も違うのだろう。どうやら自分にだけは近づいて欲しくないらしい。

(可愛くねーよなぁ、ホント)

ふつふつと湧き上がってくる感情に、自然と眼差しが尖ってしまう。目の前で虚勢を張っている小動物を、無性に甚振ってやりたい衝動が込み上げてくる。

さらに進むと、アーウィンが慌てて毛布を引っ被る。ミミが擦れる刺激にか、噛み締めた唇の奥から殺しきれなかった喘ぎが「んン……」と小さく漏れ聞こえてきた。それでもミミを隠せた安堵からだろう、ガチガチにかたまっていた体がふいに脱力する。その油断をつくように。

「なあ、手伝ってやろうか」

死角に位置取って声をかけると、仔羊がヒッと引き攣りながらスプリングを揺らした。

そのまま大人しく怯えていれば可愛かったものを、

「へ、変態……ッ、けだものっ、ニヤけ顔のスケこまし……っ」

アーウィンが堰をきったように悪態をつきはじめる。どれも子供の悪口レベルだが、この状況で聞かされると大人げない気持ちに拍車をかけるばかりだった。

「マジで可愛くねーな、おまえ」

腹立ちがそのまま声に載ってしまい、華奢な身がさらに竦んで小さくなった。

被った毛布を胸の前で合わせて、必死に両手で押さえている。そのせいで短パンから伸びる両脚はひどく無防備なのだが、アーウィンの意識はミミの保護にばかり向いているらしい。寒いからか、それとも媚薬のせいなのか。白い素肌がうっすらと粟立っている。それを掌で撫で上げると、

「ひァ……っ」

アーウィンがシーツに倒れ込んで丸くなった。と言ってもただ横倒しになっただけで、むしろさっきよりも下半身を突き出すような姿勢になってしまったのだが、本人に気づく余裕はない。

露になった膝裏の際を指でたどると、

「っ、ヒ……ぃ」

骨格が針金になったように、アーウィンがピンと全身を硬直させた。そのまま足の付け根の方へと指を滑らせる。はっ、ン……っと鼻にかかった吐息がひっきりなしに漏れ聞こえてきた。

抵抗する気力も余裕もないのか、太腿の裏をなぞるたびに、アーウィンがびくびくと背筋を震わせる。まるで縋りつくように毛布を両手で握り締めながら、ガードのない下半身をいいように弄ばれている、その構図に。

（……やべえな）

さらなる嗜虐心が頭をもたげてくる。

「つらいだろ、手伝ってやるって」

より際どいところに指を這わせながら、耳元に甘く囁いてやる。

「……っ」

アーウィンが息を呑みながら、必死に首を振ってみせた。そうやって否定するたびに、自身がどんどん追い込まれていく自覚はないのだろうか。ミミが擦れるたびに、白かった素肌が朱に染まっていく。比例して下半身の震えも、少しずつ大きくなっていった。

しっかりと折り畳まれているせいで目視はできないが、狭間はたいへんなことになっているのではなかろうか。さすがの威斗も、白人種の局部はＡＶでしか見たことがない。アーウィンのそこがどんなふうなのか、ここまできたら実際に見てみたい好奇心に駆られる。

けれど、まだその段階ではない。

「ほら、どうするよ。言わなきゃわからないだろ」

ことさら優しく、甘い声と仕草とで追い詰めていく。短パンの隙間から忍ばせた指でボクサーパンツの縁を撫でると、アーウィンの腰が一度だけ大きく跳ね上がった。

「～～……っ」

その衝動が全身に響いたように、息を殺したまま悶絶する様は獲物さながらに見える。威斗にとっては他愛ない指戯でも、媚薬で出来上がった体にとっては耐えがたい刺激でしかないだろう。

それを何度もくり返すうち、とうとうアーウィンが音を上げた。

「も、もう好きにすればいいだろ……っ」

拗ねたような投げやりな口調に、唇の片端だけが吊り上がってしまう。

かすれた声には、涙の前兆が滲み出ていた。

「そうじゃないだろ？」

ゴムの隙間に指先だけを潜らせる。その先にまで潜まれる恐怖にか、それとも触れられる期待にか、薄い肌がざわりと粟立つ。それを指の腹で撫でると、

「ひ……っ、ぅ……」

アーウィンが小さなしゃくり上げを漏らした。

「何か頼むときは、お願いしますだろ？」

これまで自覚はなかったが、自分はどうやらSの気があるらしい。それも過剰にだ。

涙声になったアーウィンに「お願いします」を言わせた頃には、端整な面立ちはほとんど理性を失いかけていた。

「おね、が……触、って……」

アーウィンが懇願しながら、ヒックと子供のように喉を鳴らす。そのいたいけな光景からすっかり目が離せなくなってしまい、威斗は自嘲気味に口角を引き上げた。

（まいったな）

正直、ここまで追い込む気はなかったのだ。

ちょっといじめてやろうとは思ったが、気がつけばかなり本気になっていた。ここにきてようやく我に返るも、なぜか引き返そうという気にはならなかった。

目の前で泣きじゃくるアーウィンから、そっと毛布を引き剝がす。涙でぐしゃぐしゃになった顔とともに、愛らしいヒツジ耳がぴょこんと露になった。垂れ気味のドロップ型の耳が、体の震えに合わせて顔の左右で小刻みに揺れている。

さっきまでの嗜虐心《しぎゃくしん》とはべつに、今度は愛でたい衝動が一気に込み上げてきた。

「わかった。いい子だから脚、開いてみ？」

声音を選んで優しげに問いかけると、驚くほど素直にアーウィンが立て膝を開いた。焦らすような指戯《しぎ》がどれほど酷だったか、短パンにまで浮いた染みが物語っている。

「触って欲しいか」

熱に浮かされたように焦点の合わない瞳が、頷きでほろりと涙を零した。

恐らくはもう何を言っても、言いなりになってしまうだろう。虚勢を無理やりに引き剝がしてしまったいま、あとに残るのは健気な従順さだけだった。下だけを脱がせて、今度はベッドヘッドを背にもう一度脚を開かせる。カットソーの裾は咥えるよう指示したので、胸の尖りがツンと上向いているのも脚の間に膝をついた威斗からはよく見えた。自分で弄ってみるよう、促してみる。

「ん……、んっ」

くぐもった甘声を上げながら、アーウィンが指先で尖りを捻りはじめた。その刺激に呼応するように、すっかり勃ち上がっていたソコからとろりと粘液が零れ落ちる。

(何つーか……思わず、見入っちまうな)

髪色と同じ亜麻色の繁みに、きれいな発色のピンク色の先端。すんなりとした持ち物は標準サイズだが、まだ少しだけ皮を被っていた。人種が違うとこうも色が違うのかと思いながら、目の前で揺れている屹立にそっと息を吹きかけてみる。

「ふ……っ」

たったそれだけでまた涙を零したアーウィンを宥めるように、威斗は伸ばした指先で雫を払うと、頬にそっと唇を押しあてた。その数センチ横には、薄く開いた唇がある。唾液で赤く濡れたこの唇に、元カレは当然触れただろう。思うさま貪る特権を使わなかったはずがない。子供のようにあどけなく開いている口に、あからさまなモノを突っ込みもしたかもしれない。

あえかな息をつくそれが急に卑猥に思えて、威斗は衝動的に口づけていた。フラれたのなら、いまのアーウィンは誰のものでもない。気兼ねする必要はないはずだ。

「うン……っ、ふ」

性急なキスに怯えたように逃げ回る舌を捕まえて、嚥下に合わせて唾液を含ませる。

「ん……っ」

コクンと喉を鳴らしたアーウィンが、またほろほろと涙を零した。ときおり唇を外してそれすら舐め取りながら、強欲に何度も唇を開かせる。

何度目かに唇を離したとき、アーウィンが小声で誰かの名を呼んだ。それをやめさせようと、また唇を塞ぐ。溢れた唾液が首筋を滑り、胸をもすぎて下肢まで伝い落ちる。それに気づいて視線だけを下げると、アーウィンの両手はいまだ言いつけどおり自身の尖りを必死に捕らえていた。

（っ、くそ……）

内心だけで吐き捨ててから、キスの合間に着ていたシャツを脱ぎ捨てると、威斗はジーンズの前立てを寛げた。カットソーを脱がせて全裸にしたアーウィンを、向かい合わせで膝に載せる。すでにいきり立っていた自身のモノと、切なげに揺れていたアーウィンのモノとを揃えて握り込む。

「……っ、ぁあっ」

ほんの少し揺らしただけで、ピンク色の先端から白濁が吹き零れた。だがそこで止まれるわけもなく、お構いなしに一緒くたに擦り立てる。イッている最中に過敏なところをこれでもかと擦られて、アーウィンが息を引き攣らせながら必死に腕の中から逃げようとする。

「逃がさねーよ」

それを腰に回した左腕だけで食い止めながら、威斗は利き手を使って自身とアーウィンとを器用に撫でさすった。止まらないアーウィンの粘液が、掌で粟立つほどに激しく擦り立てる。

威斗がイく頃には、アーウィンも二度目の精液を吐き出していた。

薬を使っているからなのか、それとも体が行為に慣れているのか。どんどん素直になる体を弄り倒しているうちに、威斗は気がつけばあっさりと一線を超えていた。

二人合わせて三回分の吐精で、潤滑剤は充分に間に合った。膝に載せたまま、潤んだ窄まりに指を含ませて、軽く上下させながら馴染ませていく。最初は嫌がるように胸を叩いていたアーウィンだが、いまではこちらの首筋につかまるので精いっぱいだ。

たとえ経験があったとしても、ブランクを考慮してゆっくりと時間をかけて慣らしていく。

「そろそろいけるな……」

中で二本指が開けるまでに解してから、威斗は準備の間にまたすっかり張りを取り戻していた自身の先端を宛がった。縋りついてきたアーウィンが、首筋に熱い吐息を零す。

「……ふ、ぅ……っ」

異性相手の行為でも、後ろを使ったことはない。初めての経験に、威斗もいささか余裕を欠いた。ゴムがなければひと擦りでイッていたかもしれないみっちりとした締めつけに、唇を湿らせながら無関係な数式を脳裏に呼び出して気を散らす。我ながら必死だ。

動けない有様を誤魔化すように、目の前にあったアーウィンの尖りにしゃぶりつく。だが。

「ひゃン……っ」

ビクンと激震した痩身のせいで、中にいた威斗も相応のダメージを受けた。そこからは我慢しきれずに腰を振り立てながら、ぎりぎりの圧力で尖りに歯を立てる。

「――……ッ」

途端、鳴き声ではなく、完全に泣き声になったアーウィンを思いやる余裕すらなく、威斗はむしゃぶりついたまま何度も細腰に自身を叩きつけた。

肉を打つ音に、威斗のうめき、アーウィンの涙声とが交じり合ってひとつになる。

「ぁ、い……ト」

しゃくり上げたアーウィンが、再び誰かの名前を呼びはじめた。さっきは気づかなかったが、たどたどしい発音が「カイト」と聞こえて、

（え？）

思わず律動を止めてしまう。真葵によれば、元カレの名前は「ケヴィン」だ。うわごとのように何度もくり返されるそれは、どう聞いても自分の名前だった。さらに、その合間に囁かれる単語が、威斗の意識を根こそぎ持っていきそうになる。

「んだよ、それ……」

思わず声に出してぼやくと、アーウィンが脱力した体をくったりと預けてきた。すぎた行為で意識を飛ばしてしまったらしい。――そこからは威斗も少しだけ余裕を取り戻して、アーウィンを可愛がることに専念した。

数分もしないうちに腕の中で意識を取り戻したアーウィンに目覚めのキスを贈ってから、自身は動かずにアーウィンの屹立を弄ることで中の締めつけやうねりを堪能する。

全体的に色の薄いソレを撫で回しながら、今回はイかせずに寸止めをくり返した。するとよほど追い詰められたのか、アーウィンが英語で泣きごとを言いはじめる。涙でかすれた声をヒアリングすると、もうやめて、とくり返しているらしい。いったんは止まっていた涙が、また次から次へと溢れて丸い頬を伝い落ちる。その様は痛々しげで、それでいて――。

「……わかってねーなぁ、おまえ」

大粒の涙をいくつか啄んでから、威斗はべろりと頬に舌を這わせた。獣さながらに塩辛い風味を舐め取ってから、罪作りな仔羊に真実を教えてやる。

「やめて欲しけりゃ泣くんじゃねーよ。んなの、よけい燃えんだろうが」

ぱちくりと両目を瞬かせた獲物が、ぼんやりと首を傾げてみせる。その仕草にまた煽られながら、上体を反らして対面座位から騎乗位へと持ち込む。スプリングを使っての律動に加えて、威斗はさらに泣かせるべく、細腰を両手でしっかりと捕まえた。抜かりなく角度を調整すると。

「――……ッ」

途端に息を呑んだアーウィンが、嫌々をするように首を振りはじめた。中のどのへんがイイかはすでに把握している。散った涙が威斗の腹部に、熱い雨を降らせた。

「んっ、ぁあ、あ……っ」

イきやすいアーウィンを調節して、心ゆくまで熱い締めつけを堪能する。未知の愉悦を長らく楽しんでから、最後は同時に絶頂を迎えた。

「ア、――……ッ」

腹の上で可愛く達したアーウィンが、射出に合わせて白いミミを上下に跳ねさせる。焦らされたせいで長引いた射精を終えてもなお、ピクピクとした体の痙攣はしばらく治まらなかった。そうして終わるなり、またも気を失ってしまったアーウィンを抱き締めながら、威斗はしばし冷めやらない余韻に浸った。けっして淡泊な方ではないが、ここまでのめり込んだのは久しぶりだった。

（それにしても）

やりすぎたか……と、さすがに反省しなくもない。

ドロドロになってしまった現場を見回しながら、これは事後処理が手間だなと溜め息をつく。大量の涙に唾液、先走りや精液がシーツのあちこちに大きな染みを作っていた。行為の軌跡をたどるように濡れた表面に掌を滑らせていると、

「おっと」

うっかり枕に指先があたり、落ちかけだったそれがストンと向こう側に消えていく。

その下から出てきた写真を目にして、おや、と思う。

これはもしや、あの日アーウィンが手にしていたものだろうか。いまだ意識の戻らないアーウィンを窺ってから、威斗は興味本位に手を伸ばした。はたしてそこに映っていたのは――在りし日の幼い、威斗の姿だった。

7

(もう死にたい……!)

現状の何もかもが耐えがたくて、いまにも消えてしまいたくなる。

立てこもった部屋で一人きり、毛布を頭から被りながらアーウィンは泣き濡れた頬を枕に押しつけていた。——とてもじゃないが、まともに顔を合わせられる気がしない。

あのあと、気がつくとアーウィンは一人きりでベッドに横たわっていた。一瞬ひどい夢を見たのかと安心しかけたのも束の間、真新しいシーツやごみ箱の中身、何より自身の体にそうではないと教えられた。ミミを見られただけでも恥ずかしすぎて死ねるレベルだったというのに、あんなことまでされてしまったという現実が、ずっしりとアーウィンに圧しかかっていた。

(こんなはずじゃなかった……)

初恋の人にひと目会いたい、ただそれだけの気持ちだったのに——。

できることなら、十数年ぶりに会ったあの日からもう一度やり直したいと思う。

あんな昔のことを向こうが覚えているなんてほとんど期待していなかったし、予想どおりカイトはまったく覚えていなくて……それでほんの少し傷つきもしたけれど、でもそれならそれで初対面として、今度はうまく出会い直せそうな気がする。

（いや………それはちょっと難しい、かもだけど）

自分でも、性格に難があるのはわかっているつもりだ。小さい頃から天の邪鬼で、意地っ張りで素直じゃなくて。気持ちとは正反対のことを、つい言ったりやったりしてしまうのだ。

だからまたカイトを怒らせて、可愛くないとか言われる事態になっていたかもしれない。昨日の朝まではそれが何よりつらかったけれど、いま思えばそんなの不幸でも何でもない。ただそばにいられるだけで充分嬉しかったし、幸せだったのに……。

昔の面影は残したまま、数段カッコよくなった面差しは見ているだけでドキドキした。もともと男らしい顔立ちをしていたが、成長した体軀が男ぶりに拍車をかけているようで、あまりに心臓が騒ぐものだから、正面からは直視できなかったほどだ。

垂れ目がちの瞳の甘さも、少し厚めの唇も、どことなく野生的で見惚れるほどにセクシーな所作も、何もかもが自分にとってはパーフェクトに見えた。あまりに好きすぎて――。

真逆の言動を制御できず、マキには何度も苦言を呈された。

『嫌われたいんならわかるけど、好かれたいんだよね？』

こっちのフォローにも限度があるからね、という共犯者の言葉は耳に痛かった。

カイトの情報をネットで見失ってから一年、途方に暮れていたアーウィンに朗報をもたらしたのはこのマキだった。思いがけず、彼に繋がる線がこんなにも身近にあったことに歓喜したのは言うまでもない。なんなら会いにくる？　というマキの誘いにも即座に乗った。

もっとも、マキの性格がねじくれているのは本国でともにすごした二年で嫌というほど知っていたので、裏があるだろうとは思っていた。マキの要望は『カイトを籠絡《ろうらく》すること』だった。

どうやら好きで好きで堪らなすぎて、画策しまくったおかげで手に入れた恋人・ハルトの親友がカイトで、しかももともとはハルト狙いだったという事実がマキにとってはいまでも不安の種になっているらしい。カイトを落としてくれるのなら、協力は惜しまないと言われた。

自分としては再会できるだけでも本望だったが、マキの言葉に少しだけ夢も見てしまったのだ。一人ではとてもそんなこと達成できる自信がないけれど、マキの援護があればそれも可能かもしれない。

そう思って決めた日本行きだったが――結果はこのとおり、見事にさんざんだ。

マキにはずいぶん世話になったが、これ以上は力になれる気がしない。

(もう帰ろう……)

ぐずっと鼻を鳴らしながら、アーウィンは枕の下に手を入れた。出てきた一枚の写真には、自分とカイトとが写っている。これは初めて出会った日に撮った写真だ――この別荘の裏庭で。

趣味で映画を撮っている叔父にくっついて、アーウィンが日本を訪れたのは六歳の夏休みのことだった。叔父の知人を通じて選ばれたロケ地のひとつがここで、叔父はこの家に二日間滞在した。ただ情景を撮るだけのドキュメンタリーになどまるで興味なかったアーウィンは、裏庭を探検することで時間をつぶしていた。二日目の昼になって、そこにひょいと現れたのがカイトだった。

齢六歳にして、アーウィンはひと目惚れというものを体感した。

ときめきと緊張で喋れなくなったアーウィンに、カイトは日本語で何か話しかけてくれた。二度ほどくり返されたフレーズにわけもわからず頷くと、「指切り」というものをされた。その仕草の意味を知ったのも、言われた内容を理解したのも、アメリカに帰ってからだった。記憶力だけは昔からやたらとよくて、言葉の意味を知りたいがために熱心に日本語を勉強した。

『大きくなったらお嫁さんになってくれる？』

そう言われて自分は頷き、約束の印にとアーウィンはカイトに指切りを求めたのだ。なにぶん幼かったので、数年はその約束を真に受けていた。向こうとしては冗談に近い、ただの口約束だったと認識してからも、アーウィンはカイトのことが忘れられなかった。

そんな一件があったからか、それとも最初から傾向はあったのか。気がつけば好きになるのはいつも同性で、これまでに何人かと付き合ったこともある。いま思えばその誰もが、どこかカイトに似ていた。でもけっきょくその誰とも、長続きはしなかった。

その最後の一人と別れるきっかけにもなった事件が起きたのは、一年前のことだ。秘かなブームとして広がっていたティーンの「ミミ出し」が、一気に表面化した頃でもあった。

ほかの地域では知らないがアーウィンが暮らす界隈では系統によってのランク付けがあった。男子の間で人気があるのは、タフでワイルドなイメージのあるイヌ科やネコ科の大型獣だ。そのあたりを踏まえて、何耳かと問われるたびにアーウィンは「ジャガー」だと答えるようにしていた。抑制剤は期間内に服用していたし、面白半分に中和剤を試していた連中はともかく、自分はミミを出す予定などなかったのでバレることはないと思っていた。だが。

クラスメイトの悪戯で中和剤入りのドリンクを飲んだアーウィンは、授業中にミミを出すはめになった。男子の羊耳はかなりの下位だ。それまでは容姿はもちろん家柄のこともあり、校内ではそこそこの地位をキープしていたアーウィンだったが、そんな栄光もその日まで。クラスメイトに後ろ指を指されるだろう現実に耐えられなくなり、翌日からアーウィンは学校にいくのをやめた。もともと好ましく思っていなかった羊耳が、コンプレックスになったのは言うまでもない。

不登校になったアーウィンを訪ねてくる人間は、ブームに左右されなかったマキだけになった。気が合うわけでもなかったが、マキとの交友はその後も何となく続いた。そのおかげでこうしてカイトと再会できたわけだが――。

（こんなことなら、こなければよかった……っ）

ミミを見られて、あまつさえあんなことまでされて、これ以上ここにいられるわけがない。

三日目の朝食時に、ハルトに中和剤を使うというマキの計画自体はあらかじめ聞かされていた。そのためにコネを使って、系列のホテルまで押さえたくらいだ。それがどうして自分やカイトにまで及んだのか、引きこもりながらも昨夜電話で抗議したところ、マキには「悪い、手違いだった」とあっさり謝られた。ハルトだけが口にするものに限定して混ぜたつもりが、ほかのトッピングにも混入してしまったというのだ。それがどれだったのかは知らないが、そのせいでアーウィンは中和剤のみならず、ハルト用の媚薬までもうっかり服用してしまったらしい。率直に不手際を詫びたうえで、全力でフォローに回るとマキは言ってくれたけれど、アーウィンはその申し出を断った。

ぐずぐずとなおも鼻を鳴らしながら、起き上がって身支度を整える。もうじき夜が明ける。空が明るくなったら、みんなが起き出す前にこの家を出ようと思う。二日目に迷った経験が、ここで活きるとは思わなかった。スーパーまでいければあとは一本道なので、駅にもたどり着けるはずだ。

家中が静まり返っているのを確認してから、まとめた大荷物を一人で階下まで持ち運ぶ。重いキャリーケースを二つとも下ろすのはコトだったが、どうにかまっとうすることができた。

（あれ……？）

だがその段になって、アーウィンはリビングのソファーに「人影」があることに気がついた。

毛布を持ち込んで眠るそれが、カイトであるとわかった瞬間、

「————……っ」

痛いほどに心臓が跳ね上がる。

（え、なんで、こんなところに……）

息を殺して窺うこと、十秒以上——。どうやらカイトはすっかり寝入っているらしく、こちらに気づいた様子はなかった。ホッとすると同時に切なさが込み上げてきて、唇を噛み締めてしまう。

もう見ることはないと思っていた顔を、アーウィンは忍びよったソファーの背に手を添えて見つめ下ろした。見ているだけで鼓動が逸《はや》る。

こんなにも無防備な彼の顔を見つめるのは、これで二度目だ。あのときはつい衝動に負けて寝顔に

キスをしてしまったのだが、いまもこうして見ていると誘惑されそうになる。

(お別れのキスをしても、許されるかな……)

湿度が低いせいか、少し乾き気味の肉厚な唇から目が離せない。

昨日はこの唇に何度もキスをされて、ほんの数分でキスの経験値を爆発的に上げられた。それだけに留まらず初めてのことをたくさんされて、後半はほとんどの記憶が飛んでいた。ただひたすら気持ちよかったことと、恥ずかしすぎて死にたかったことしか覚えていない。

(最後にどうか、もう一度だけ――)

記憶の上書きを求めて、アーウィンは座面側に回るとそっと床に膝をついた。大好きな顔が目の前にある。息を止めて、眠るカイトの唇に自身の唇をゆっくり押しあてる。

これを彼との、最後の思い出にしよう。

「――……ッ」

そう思った直後に腕をつかまれて、アーウィンは驚きのあまり全身を飛び上がらせた。

「おまえって、逃げるしか能がないのな」

「えっ」

「ったく、こんなこったろうと思ってたっつーの」

そう踏んで待ち構えていたのだと、カイトが面倒そうな口調になりながらソファーに身を起こす。

逃げようにもがっつりと腕を捕らわれているのでそれも叶わず、ぱっちりと開いたカイトの視界に正面から晒される。

「なん、で……」

動揺のあまり、声が震えてしまう。するとカイトの表情がふと意地悪げなものになった。

「おまえさ、俺に言うことあんじゃねーの」

楽しくて仕方ないといった雰囲気で、カイトが片頬だけで笑ってみせる。その追い詰めるような表情は、昨日もさんざん見せられた覚えがある。

(言うこと……？)

謝れ、ということだろうか。確かに昨日のあれは、自分がミミなんか出していたばかりに起きた事故だと言えなくもない。でも、自分だってあんなことになるとは思っていなかったし、謝罪を要求するならマキの方が妥当なのではないだろうか。

(それとも、また別のことなのかな)

言われている意味がわからず、アーウィンはますます混乱を深めた。さっきからつかまれている腕が痛くて、熱くて、それだけでもこっちは精いっぱいだというのに。

「ちゃんと言ってみろって。そうすりゃ、欲しいモンが手に入るかもしんねーぞ？」

今度は明らかに揶揄っているとわかる口調で言われて、

(あ、遊ばれてる……っ)

アーウィンはカッと頬までが熱くなるのを感じた。態度に出した覚えはないが、カイトの言動はこちらの気持ちを把握しているかのような口ぶりだ。

まさか、マキかハルトが明かしてしまったのだろうか。それとも暇つぶしに、カマをかけられているだけなのだろうか。判断がつかないまま、アーウィンは覚悟を決めて目を合わせた。逸らしたい、逃げ出したい衝動を必死に呑み込みながら、正面からカイトを見返す。

「――――……」

朝日を浴びて薄茶色になった瞳が、たじろくほど優しげにこちらを見ていた。アーウィンの変化に気づいて「ん？」と促す声も、どこか甘い。

「…………ぁ」

ここで思いを告げれば、本当にカイトは自分のものになるのだろうか。いままでとは違う緊張感が胸を高鳴らせた。

「ほら、言ってみろって」

カイトは簡単に促すけれど、アーウィンにとってそれは容易なことではない。なかなか決心のつかないアーウィンを焚きつけるように、よっとソファーに座り直したカイトがさっきよりも顔を近づけてくる。膝立ちのアーウィンの目前に、男らしい面立ちが迫る。答え次第では、すぐにキスをくれる気があるかのような姿勢に、心臓が限界に近く鼓動を速めた。

腕をつかむ手もさっきより弱められたのか、いまはもう痛くなかった。――もしかしたら本当に、受け止めてもらえるのかもしれない。気持ちの半分が告白に傾きかけたところで、しかし。

（……でも、こんな）

ひねくれた自分の何を見て、承諾しようなんて思ったのだろうか。カイト自身にも何度も言われたが、可愛げのなさには自信があるのだ。付き合ったところで急にこの性格が改善できるとも思えないし、そうしたら捨てられるのも時間の問題な気がした。

「あ……」

喉元まで出かかっていた言葉が、ただのかすれ声になってしまう。

フラれるくらいなら、最初から付き合わない方がいい。それなら傷だって浅く済むし、いずれ悲しい思いをするとわかっていて奮い起こす勇気に何の意味があるだろう。

竦んだ心が、アーウィンの眼差しを俯けた。

（いつだってそうだった）

この性格で得したことなんて一度もない。つまらない意地を張って、家を空けがちな両親に寂しいと言えなかった。屈託を捨てられなかったせいで、心を許せる友達もできなかった。

素直になれない自分が昔から嫌いだった。明るくて利発な周囲の「いい子」を羨《うらや》むたびに、自分がさらに屈折していく気がした。そのうち、誰にも愛されていないと思い込むようになった。

塞ぎ込んだアーウィンを見かねて、叔父が連れ出してくれたのがあの撮影旅行だった。

そこでカイトに出会って、思いがけない求愛を受けたのだ。

「アーウィン？」

俯けていた視界に入ってきた掌が、左右に触れて焦点のありかを探す。

(ああ――そうだった)

自分にも人に好いてもらえる価値があるのかもしれないと、あのとき初めて思ったのだ。

カイトにとっては、記憶にも残らないほど些細な出来事だったかもしれないけれど、自分にとっては本当に特別な思い出だった。

(……バカだ、ホント)

見誤っちゃいけないのはそこだ。

カイトこそが自分の特別で、何者にも替えがたい存在なのだから。

たとえ、そのせいでどんなに傷ついたとしても、あとで後悔することになっても。

素直にならなければいけない瞬間《タイミング》が、いま自分に訪れているのだ。

ようやくわかった途端、ほろりと涙が頬を滑った。

「…………っ、ふ、ぅ……っ」

滲んだ視界を持ち上げるも、気持ちばかりが焦って言葉にならない。大粒の涙を零しながら声を引き攣らせていると、急に体が温かくなった。

「待つから大丈夫だ。ゆっくりな」

セーターに覆われた腕が、正面から包み込むようにアーウィンを抱き締めている。乾いた唇の感触が、そっと耳の裏に押しつけられた。

「ゆっくりでいいから、口に出して言ってみろ」

吐息交じりの囁きはどこまでも優しくて、視界が一気に涙で溢れる。肩口に顎を載せられながら穏やかに髪を撫でられて、アーウィンはしゃくり上げながら必死に言葉を紡いだ。

「す、き……」

(好きすぎて、もうどうにかなりそうなくらい……っ)

嗚咽《おえつ》の合間に何度も声を絞り出しながら、前に回された逞しい腕に両手で縋りつく。

「——よし。よくできました」

ようやく素直になれたアーウィンを誉めるように、カイトがぎゅっと腕の拘束を強めてきた。そのまま首筋に鼻先を埋められて、くすぐるように探られる。

「ん、ン……」

刺激に首を竦めると、今度はうなじにキスの雨を降らされた。

回を追うごとに執拗になったそれが、最後にきつく吸って跡を残す。

「んっ」

「マーキングな」

そんな宣言を楽しげにしてから、ようやく腕を解かれた。

「たまには素直になるのも悪くないだろ?」

大好きな面立ちに笑いかけられて、こくんと頷くだけで精いっぱいのアーウィンの頬を、大きな掌が何度も拭って涙を止めてくれた。

「こいよ、特製を淹れてやる」

今度は得意げに笑った男前に手を引かれて、カウンターに連れていかれる。しゃくり上げの余韻を落ち着かせるように、カイトがロイヤルミルクティーを淹れてくれた。

「——ところでこれ、俺とおまえだろ」

「あ……」

いつのまに荷物から引っ張り出したのか、熱いマグカップとともにあの写真がカウンターの上に乗せられる。スツールに腰かけたまま小さく頷くと、

「そういうのは早く言えっつーの」

伸びてきた手にカウンター越しに額を小突かれた。

「覚え、てるの？」

「覚えてるよ。もっとも俺の記憶じゃ、すげー可愛い女の子だったんだけどな」

「……男で悪かったな」

「マジで可愛いと思ったんだぜ？」

何しろプロポーズしたくらいだからな、とカイトが調理台に腰を預けながら腕組みをする。てっきり何もかも忘れているんだと思っていたのに、意外にもそうではなかったらしい。

「それも覚えてるんだ……」

「バーカ。初恋を忘れる男がいるかよ」

（え……っ）

驚きのあまり目を見開くと、その反応を待っていたようにカイトがニッと歯を見せて笑った。

「マジな話だぜ、これ？」

カイト自身は当時、アーウィンのことを完全に「女の子」だと勘違いしていたらしいが、いわゆるひと目惚れだったと十数年越しで明かされる。

「人見知りでさ、話しかけるたびに震えるんだけど、それでも一生懸命こっちの目を見てくれるんだよな。青い目がキラキラしてて、笑うと睫の縁取りが金色に光ってさ」

言葉が通じないせいで、本当にたまにしか笑わせられなかったのがすげー悔しくてさ、と内情まで告白しながら、カイトは遠い眼差しを裏庭に向けた。

その思い出があるから、この別荘を気に入っているのだという。

「にしても、いまはペラペラだよな」

「……勉強したから」

（本当に、ものすごく）

あの日カイトといられた時間はごくわずかで、数時間もしないうちにアーウィンは叔父に連れられて次のロケ地へと旅立つことになった。別れ際に言われた言葉は、ぜったいに大切な言葉だと思ったから。どうしても、その意味を知りたかったのだ。

「あんたは忘れてるんだと思ってた。……僕を見ても、何も言わなかったし」

カップを両手で覆いながら唇を尖らせると、カイトが呆れたように鼻から息を抜いた。

「だーから言ったろ、女の子だと思ってたんだって」

「……でも僕、男だよ」

それでもいいのかと、視線に載せて問いかける。ストレートのはずのカイトが「初恋」だけを理由に同性を選ぶとは思えないから。ほかに理由があるのなら、ぜひとも知りたいと思う。

だが訊いてはみたものの、答えが怖くて上目遣いになっていると、

「そうだな、あの頃のおまえも可愛かったけど」

「けど……？」

「いまのおまえの方がだんぜん可愛い」

真顔で言いきられて、アーウィンは思わずポカンと口を開けてしまった。そのうえ。

「——ミミつきだと、なおいいな」

「……ッ」

口元を緩ませながらの追撃に、とりあえず手近にあったティースプーンを投げつけて反撃する。それを難なくいなしながら、カイトが左右に垂れる羊耳を掌で再現してみせる。

「あの頃も生えてたら、今回もわかりやすかったのにな」

「あんたにも生えてたらよかったのにね、そしたら肉食獣になんか近づかなかったっ」

「お、なかなか言うな」

　他愛もない口ゲンカを続けていると、バサッ、と窓の外で大きな羽音がした。裏庭から飛び立ったのだろう。寸前までいたらしい樹の枝が、わずかに上下しているのが見える。

「いまもキレイだね、あの庭」

　あそこでともに過ごした時間がいまに繋がっているのかと思うと、なんだか感慨深い。

「おまえの叔父さん、映画撮りにきてたんだっけか」

「うん。……僕もあんたも、少しだけ映ってたの知ってる？」

「マジか」

　どうやらカイトはあの映画の存在自体、把握していなかったらしい。真葵からは、試しに見せてみたものの無反応だったと報告を受けていたのだが、それも無理なかったわけだ。それでも、逆光でほんのわずかしか映らない自分とカイトのシーンはともかく、裏庭の風景はずいぶん映っていたはずなので気がついてもいいはずなのに……。

「真葵が持ってきてたアレだろ？　あんときはおまえのことで頭がいっぱいだったもんでね」

「えっ？」

「それもこれも、真葵の仕業だよ。あいつにはホント、一杯喰わされた」

　どうやらアーウィンの知らないところで、真葵はずいぶん暗躍してくれていたらしい。その策にまんまと嵌まって気がついたらこうだよ、とカイトが苦笑しながらマグカップを手にキッチンから出てくる。柔らかな視線に誘導されて、アーウィンもコーヒーの香りを追うように窓際へと歩を向けた。裏庭を一望できるポイントに、カイトが腰を下ろす。

その隣に座っていいのか躊躇していると、

「こっちこいよ」

カイトが真顔で、自分の膝をぽんぽんと叩いてみせた。

(え……)

戸惑いながら近づいていくと、ほらとばかり今度は顎で示される。

「………」

カイトがけっこう意地悪なタチなのは昨日といいさっきといい、わかってきたつもりだ。さっきの告白だって、もう知っているくせに言わせようとして自分を試していた節がある。そう気づいてしまった途端、今度はむくむくと反抗心が頭をもたげてくる。

「——やだ。いかない」

踵を返そうとした直後に腕を取られて、気づけば腕の中に取り込まれていた。

「そう拗ねんなって」

「べつに拗ねてないし、何言ってんのかわかんない」

完全に復調した憎まれ口で唇を尖らせながら、ニヤついた笑みを視界に入れるものかと思いきり顔を反らす。そんな挙動を気にしたふうもなく、カイトはおもむろにアーウィンの体をくるりと膝の上で反転させた。途中で暴れてみたものの、軽々と支えられて思いどおりにされる。

「ところで、確認したいことがあるんだけどさ」

「……何」

急に改まった口調で言われて、アーウィンはまたも顔を背けながら耳だけをカイトに向けた。

「おまえ、元カレとどこまでヤッた？」

「え」

具体的かつ、慎《つつし》みのない言葉で熱心に段階を訊いてくるカイトに。

「………」

アーウィンは無言で唇を押さえた。何も言うまいと思ったのに、その仕草が逆に答えになってしまったらしく、カイトが安堵したように肩から力を抜いた。

「バージンか。よし、安心した」

「ち、違……っ」

「違うのか？　なら、いまからここで検証するぞ？」

恐ろしい言葉に慌てて首を振るも、どうやらカイトのスイッチはオンになってしまったらしい。

「そういやおまえ、この体位で何回イッたか覚えてるか」

「……ッ」

こんな朝日の中でそこまで話を蒸し返されるとは思っていなかったので、アーウィンは一気に頬を

真っ赤に染めた。醜態を見られまいと両手で顔を覆い隠すも、

「ひゃうッ」

無防備になった両脇をくすぐられて、恥ずかしい声が上がってしまう。顔を見られるよりもくすぐられる方がつらいので、アーウィンは自身の腕を抱き締めることでガードを強めた。

「覚えてるだろ、言ってみろって」

「やだよ、知らないし……っ」

「入れる前に五回はイッてたよな、確か」

「嘘、二回しか……、あ」

口にした直後、嵌められたことに気づく。

「ふうん？」

（あー、もうバカ……っ）

唇の端を意地悪げに吊り上げながら、カイトが感心したように頷いてみせる。

「そこまでは覚えてんだな。んじゃ、そのあとは」

「し、知らないっ」

「覚えてねーんだろ、俺の首に縋って何て言ってたのか」

華奢な輪郭をなぞるように、意味ありげな眼差しが上下する。その様に不安を掻き立てられながら、アーウィンは乾いた唇をひと舐めした。

自分が何を口走ったかなんて、まるで記憶がない。

「……何か言ったっけ」

「言ってたよ。うわ言みたいに、何度もな」

「何て……？」

「好き好きカイトって、泣きながら可愛く告白してたぜ？」

「～～～……っ」

マキとハルトにはとんだ濡れ衣を着せていたようだ。

まさか、自ら思いをバラしていたなんて――間抜けにもほどがある。

「……言ってないし、そんなこと！」

ニヤついた注視に耐えきれなくて、限界まで顔を反らしながらひとまずは否定してみる。実際のところ、アーウィンには覚えがないのだから嘘ではない。

「でも、さっきも言ったよな」

「あれは……っ」

「なんだ、あれも嘘か。だったら俺も考え直さないとな」

今度は真顔でそんなことを口にするのだから、本当にタチが悪すぎて泣きたくなってくる。ここで意地を張ろうものなら、こちらが折れるまで何をされるかわかったものじゃない。

答えを考えあぐねた結果――。

「好きで悪いか、バカ……っ」

今度は罵り調で告白してみた。すると、それが意外にも気に入ったのか。

「悪くねーよ、クソガキ」

両手で腰を抱きよせられて、厚めの胸板に自然と薄い胸を沿わせる形になる。

（熱が、伝わってくる）

そうして合わせていると、少しずつ鼓動が同調《シンクロ》していくようだった。逸りがちだった自分のパルスが、カイトの穏やかな心音とやがて重なり合う。

そのタイミングを待っていたように、

「――好きだ」

耳元にふいうちで告白されて、アーウィンは紐った首筋に鼻先を擦りつけた。愛しくて堪らないスモーキーブラウンの髪を掻き抱きながら。

「僕も、すごく」

気がつけば自然と口にしていた。自身の感情を、素直に心のままに。

（これまでも、これからもずっと好きだよ）

続きはまだ恥ずかしくて声にできないから、唇の動きだけで首筋に伝えた。ハルトのように全面的に素直になれる日はまだまだ遠そうだけれど、これはそのための一歩だ。

「ん……、ンっ」

そっと腕を解かれて、唇を塞がれる。

舌の絡まないキスを二度ほどくり返してから、カイトが次第に貪りを深くしていく。それに懸命に応えながら、アーウィンは恍惚《こうこつ》のさなかをしばし彷徨《さまよ》った。

しばらくしてから、カイトの指が耳元を探ってくる。

「ふ、ぅ……っ」

途端、背筋を甘い痺れが駆け下りて、アーウィンは慌ててキスを中断させた。

「や、待って……っ」

いったい何の加減なのか、アーウィンの耳が何の前触れもなくヒツジ化している。俺もだ、と囁かれて目を上げると、カイトまでが髪の間から丸い耳をふたつ覗かせていた。

「なんで、こんな……」

「あー……薬の成分が残ってたとか？」

「えっ」

言われて、昨日の情事が走馬灯のように脳裏を駆ける。

（そしたらまた、あんな……）

ぴろんと垂れた白い羊耳に、ぴくぴくと左右に振れるライオンの耳――。

互いのそれに見入りながら、気づけばどちらからともなくまた唇を合わせていた。

肉食獣の獰猛さが徐々に増していく。それを草食獣の健気さで受け止めていると、「続きは上でな」

と急にカイトに抱き上げられた。

「え、……あっ」

そうして獲物を持ち帰るがごとく、仔羊はライオンの巣へと連れ去られた。

エピローグ

隣から漏れ聞こえてくる嬌声に、これはうまくいったな、と真葵は確信を持ってほくそ笑んだ。

これで何もかもが予定どおり、真葵が画策していたとおりの未来だ。

（正直、こうも早くあの人が落ちるとは思わなかったけど）

あの意地っ張りなりにずいぶん頑張ったのだろうか。援護射撃はかなりの数を撃った覚えがあるので、ようやく感じられた手応えに安堵しつつも、少しだけ意外に思わなくもない。

すべては、アーウィンが峯岸に惚れていると知ったときから練っていた計画だ。邪魔なライバルを排除するのに、新しい相手を宛がうのはいちばん効果的であり確実でもある。そのための駒としては性格に少々難があるものの、顔はいいのでいけるのではないかと考えていたのだ。

「ようやくひと安心、かな」

ヘッドボードにもたれながら、そう小さく独りごちる。

これで峯岸が温人に、チョッカイをかけてくることもなくなるだろう。口では諦めたなどと言っている峯岸だが、油断はできない。いつどこで気が変わって、本気を見せてくるかわかったものじゃない。真葵にとって峯岸は、いつだって要注意人物の筆頭だった。温人が信頼を置いているのはもちろん、男としても人間としても魅力溢れる人物だということは真葵も認識している。

（個人的な好き嫌いとは別の次元で――）

そんな人物がいつまでも周囲をうろうろしている現実が、どれほどこちらの精神を削ったことか。そういった面も含めて峯岸にはオモチャにされている傾向があったので、真葵としては本当に疎ましく思っていたのだ。

来期の生徒会で役員を務めることになったのは計算外だったが、校内で温人と一緒にいられる口実にもなるし、そちらの活動が忙しくなればテニス部に出るよう温人が苦言を呈す回数も減るだろう。真葵としては願ったり叶ったりだった。合宿の発端は峯岸でありそれに乗せられた感はあるものの、その過程でライバルが消え、友人の恋まで成就させたのだから申し分のない結果だ。

（可愛いハルちゃんも堪能できたし）

昨日のことを思い出すと、いまでもてきめんに頬が緩んでしまう。想像だけなら腐るほどしてきたシチュエーションをまさか実現できるとは……感無量だ。そのために用意した新しい中和剤と媚薬だったが、アーウィンと峯岸に飲ませるのも当初から真葵の計画のうちだった。

――思えばあの意地っ張りでひねくれた友人をフォローするために、真葵はもっともらしくいくつもの嘘をつき、立ち回った。そのうちバレて峯岸には小突かれるかもしれないが、おかげで獲物を手中にできたのだから、こちらとしては謝礼をもらいたいくらいだ。

アーウィンに峯岸似のカレがいたのは本当だが、こっぴどくフラれたなんて事実はない。二日目に家出したアーウィンからの『峯岸にだけは来て欲しくない』という伝言も真葵の機転だ。どちらも峯岸の神経をピリピリさせるのにはひと役買ったのではないかと思う。ついでに言えば峯岸の料理は目を瞠るほど美味だったが、それについてのコメントも控えておいた。

アーウィンの叔父が撮ったあの映画も、苦労して見つけてきたのに峯岸の反応があまりに薄かったので最初は失敗したかと思ったものだが、あの時点ですでに峯岸の頭はアーウィンのことでいっぱいになっていたのだろう。映画自体は温人がいたく感銘していたので、結果オーライだ。

（それにしても）

アーウィンの性格がいろいろあれなので、合宿の間にうまくいかない可能性も考えていたのだが、威斗の食いつきが予想を上回ったのは本当に嬉しい誤算だった。もっと長引いたときのために手も打ってあったのだが、それは真葵からの餞と受け取ってもらっても構わない。

（四月からアーウィンが編入してくるとか）

知ったらきっと、温人も喜ぶだろう。どうやらアーウィンのことを気に入っているらしいので。

ちなみに、この件はアーウィン自身も知らなかったりする。自分と、彼の両親だけで勝手に進めた話だった。このまま不登校を続けるよりは環境を変えて一からやり直すのも手ではないか、真葵の提案を前向きに検討してもらった結果である。――要するにどうあっても、真葵としてはあの二人をくっつける気でいたのだ。

隣の部屋では早くも、二回戦目に突入した気配があった。押し殺しながらも堪えきれないといった風情のアーウィンの声は、ところどころかすれて途切れがちだ。

三日目の中和剤と媚薬はあちらの組にとってもずいぶん役立ったらしく、初心者のアーウィンは昨日の時点ですでに声が枯れかけていた。昨日の今日で、あんなスケべったらしそうな男を相手にするのは骨が折れるだろう。

いったい何をされているのか、アーウィンの声は常に涙交じりだ。友人のこんな声を聞くのは初めてだが、スパイスとしては悪くないなと思う。

「こ、れは……」

早朝から刺激的すぎるBGMに、温人も覚醒を余儀なくされたらしい。隣で真っ赤になりながら、目を白黒させている。隣室の情事をリアルタイムで聞くなんて体験が、青少年の身にどんな変化をもたらすかは明白だ。

「う……っ」

小さく呻《うめ》きながら、温人が横になったままウサギ耳を出す。

(うん、よく効いてる)

これが、今回使った中和剤の効果だった。

前回使ったものより効き目が強く、服用から数日間は性的興奮を感じただけで耳が変化してしまう代物なのだ。隣の声にあてられましたと、口にせずとも主張しているようなものだ。

「え……ええっ？」

もちろん温人はそんなこと知らないので、なんでミミが出たのかひどく困惑しながら慌てて両手で押さえている。聴覚が鋭くなった分、実況中継の精度もさっきまでの比じゃないだろう。

「どうしたの、ハルちゃん。昨日しただけじゃ足らなかったの？」

揶揄っているふうを装いながら、真葵は温人を追い詰めにかかった。

「な、ちが……」

「ハルちゃんがその気なら、俺もやぶさかじゃないよ」

アメリカにいた二年間ですっかり会得してしまったコントロールで、真葵もミミを出す。

（……うわあ）

途端に隣室の声が鮮明になって、峯岸のえげつなさに真葵は思わず苦笑していた。

生徒会長様はどうやら、言葉責めがお好きらしい。アーウィンがよくわかっていないだろうフレーズをくり返しながら、ご褒美と称して施されている指戯にあられもない声を上げている。

これは挑戦状だ。声が筒抜けなのを承知のうえでの挑発に違いない。

（こっちも負けられないな）

男として、同じ捕食動物のミミを持つ者として、対抗意識がむくむくと芽生えてくる。

「ハルちゃんも頑張ろうか」

「へ？」

何もわかっていないウサギを前に、舌なめずりするオオカミが一匹。温人の鳴き声が涙に染まるまで、そう時間はかからなかった。

合宿が終わるまであと三日。
青春に塗れた四人の『親睦会』は、まだまだ続く――。

あとがき

こんにちは、桐嶋《きりしま》リッカと申します。
気がつけば前作より一年以上も間が開いてしまいまして、たいへんご無沙汰しております。はじめましての方もいらっしゃるかと思いますが、このたびは本書をお手に取って下さり、ありがとうございました。今回も、雑誌掲載作に続編を書き下ろしての一冊となっております。ありがとうございます。以前にも別シリーズで書いたことのある「ケモミミ」を、今作ではまた新たな角度から掘り下げてみた次第です。書き下ろしも含め、どちらも本人としては楽しく書けた話ですので、少しでも楽しんでいただければ嬉しいです。

ウサギ系――。ケモミミが日常的に存在する世界、ということで「ミミウイルス」なるものを登場させてみました。ウサギ耳の似合う男子・温人《はると》の前向きな健全さと、オオカミ耳が腹黒をも体現している真葵《まき》の後ろ向きな臆病さは、対極だからこそ書いていてとても楽しかったです。けっきょくはどちらも、互いの手綱を持っているんですよね。
オオカミ系――。タイトルこそ狼ですが、メインは百獣の王・ライオン耳を持つ峯岸《みねぎし》が、意地っ張り草食系・ヒツジ耳のアーウィンを落とすまでの話になってます。経緯としては逆だったんですけども、途中からすっかり肉食系が牙を剥いていたように思います。

どちらのエピソードでも、獲物系男子がいろいろとたいへんな目に遭っておりますが、そのあたりも含めまして、ケモミミ男子たちをご堪能いただければと思います。

このように皆さまのお手元に届くまで、各所で尽力くださったすべての方々に御礼を申しあげます。お忙しい中、かくも麗しきイラストをご提供くださった三尾《みお》じゅん太《た》さま。本当にありがとうございました！　書き下ろし分で峯岸が活躍したのはひとえに、三尾先生からいただいた峯岸のラフがあまりにかっこよかったからです（力説）。それから、私が心折れそうになるたびに的確な叱咤激励で一歩先へと、明るく導いてくださる担当さま。ご恩返しできるよう全力で努めますので、今後ともよろしくお願い致します。

執筆中の私をいつも支えてくれる猫と家族、頼もしき友人たち。そして何より、読んでくださった皆さまに、揺るぎない愛と感謝を捧げます。ありがとうございました。

それではまた近く、お目にかかれますように――。

桐嶋リッカ

初 出

ウサギ系男子の受難	２０１２年 小説リンクス２月号掲載
オオカミ系男子の策略	書き下ろし

この本を読んでのご意見・ご感想をお寄せ下さい。

〒151-0051
東京都渋谷区千駄ヶ谷4-9-7
(株)幻冬舎コミックス　リンクス編集部
「桐嶋《きりしま》リッカ先生」係／「三尾《みお》じゅん太《た》先生」係

リンクス ロマンス

ウサギ系男子の受難

2014年8月31日　第1刷発行

著者……………桐嶋《きりしま》リッカ
発行人…………伊藤嘉彦
発行元…………株式会社　幻冬舎コミックス
〒151-0051　東京都渋谷区千駄ヶ谷4-9-7
TEL 03-5411-6431（編集）
発売元…………株式会社　幻冬舎
〒151-0051　東京都渋谷区千駄ヶ谷4-9-7
TEL 03-5411-6222（営業）
振替00120-8-767643
印刷・製本所…株式会社　光邦
検印廃止

万一、落丁乱丁のある場合は送料当社負担でお取替致します。幻冬舎宛にお送り下さい。本書の一部あるいは全部を無断で複写複製（デジタルデータ化も含みます）、放送、データ配信等をすることは、法律で認められた場合を除き、著作権の侵害となります。定価はカバーに表示してあります。

©KIRISHIMA RIKKA, GENTOSHA COMICS 2014

ISBN978-4-344-83199-5　C0293
Printed in Japan

幻冬舎コミックスホームページ　http://www.gentosha-comics.net

本作品はフィクションです。実在の人物・団体・事件などには関係ありません。